WELE GYMRU FACH!

LLEUCU ROBERTS

y Lolfa

Argraffiad cyntaf: 2011

Comisiynwyd y gyfrol gyda chymorth ariannol
Adran Plant, Addysg, Dysgu Gydol Oes a Sgiliau

Llun y clawr: Rhys Bevan Jones

Rhif Llyfr Rhyngwladol: 978 1 84771 348 3

FSC

Cyhoeddwyd, rhwymwyd ac argraffwyd yng Nghymru gan
Y Lolfa Cyf., Talybont, Ceredigion SY24 5HE
gwefan www.ylolfa.com
e-bost ylolfa@ylolfa.com
ffôn 01970 832 304
ffacs 832 782

1

Roedd Gwion Ty'n y Ffordd yn casáu Tudur Maes-y-nant am fod Tudur Maes-y-nant yn Gog.

Nid dyna'r unig reswm, rhaid cyfaddef. Roedd gan Gwion Ty'n y Ffordd sawl rheswm arall dros gasáu Tudur Maes-y-nant, ond y rheswm pennaf un, y rheswm *sylfaenol* oedd ganddo dros ei gasáu, oedd bod Tudur wedi'i eni yng Nghaernarfon, a'i dad a'i fam wedi'u geni nid nepell o'r un dref, a bod Tudur wedi'i fagu i ddweud 'pres' yn lle 'arian' a 'lôn' yn lle 'hewl', ymhlith geiriau eraill.

Am hynny, roedd Gwion Ty'n y Ffordd yn casáu Tudur Maes-y-nant â chas perffaith.

Fel mae'n digwydd, roedd Tudur Maes-y-nant yn casáu Gwion Ty'n y Ffordd hefyd am fod Gwion Ty'n y Ffordd yn Hwntw.

Nid dyna'r unig reswm chwaith, am fod gan Tudur sawl rheswm arall dros ei gasáu, ond y rheswm pennaf un, y rheswm *sylfaenol*, oedd bod Gwion Ty'n y Ffordd wedi'i eni yn y Tymbl, a'i dad a'i fam wedi'u geni nid nepell o'r un pentref, a bod Gwion Ty'n y

Ffordd wedi'i fagu i ddweud 'winwns' yn lle 'nionod' ac 'allwedd' yn lle 'goriad', ymhlith geiriau eraill.

Am hynny, roedd Tudur Maes-y-nant yn casáu Gwion Ty'n y Ffordd â chas perffaith.

Ond roedd gan y ddau fachgen un peth yn gyffredin: Gwion a Tudur oedd yr unig ddau fachgen deuddeg oed ym mhentref Llan-hir. Am ryw reswm rhyfedd tu hwnt – dywedai tad Gwion fod rhywbeth yn y dŵr, ac fe ddylai wybod am mai i Asiantaeth yr Amgylchedd roedd e'n gweithio – roedd llawer iawn mwy o ferched oed ysgol nag o fechgyn oed ysgol yn Llan-hir. Yn Ysgol Llan-hir, dim ond y ddau fachgen oedd yn eu blwyddyn yng nghanol môr o bymtheg o ferched. A doedd dim bechgyn o gwbl yn y flwyddyn o'u blaenau na'r flwyddyn ar eu hôl.

Roedd cael mynd i ysgol y dref fis Medi diwethaf wedi bod yn fendith i'r ddau. O'r diwedd, dyma fechgyn eraill o'r un oed i siarad a chwarae â nhw. Nid bod llawer o siarad wedi bod rhwng y ddau yn Ysgol Llan-hir chwaith, ond gan mai nhw oedd yr unig ddau fachgen o fewn tair blynedd, roedd rhywfaint o gyfathrebu yn anorfod, gelynion pennaf neu beidio.

Ac yn anorfod hefyd, roedd pawb yn tueddu i gymryd yn ganiataol eu bod nhw'n ffrindiau, a hynny rywsut yn gwneud pethau'n filgwaith gwaeth. Mewn gwirionedd, byddai wedi bod yn llawer llai o drafferth i'r ddau fod yn ffrindiau, ond fedrwch chi ddim creu perthynas dda rhwng pobl.

Fe fu adeg pan *nad* oedd y ddau'n elynion pennaf. Tua tair blynedd oedd 'na ers i Tudur Maes-y-nant ddod i fyw i Lan-hir o Gaernarfon gyda'i chwaer fawr, a thua chwe mis cyn hynny y daeth Gwion Ty'n y Ffordd i fyw i Lan-hir o'r Tymbl gyda'i ddwy chwaer fach. Cyn i'r ddau ddod i fyw yn yr un pentref a dod i nabod ei gilydd, doedden nhw ddim yn elynion o gwbl.

Roedd gan Gwion Ty'n y Ffordd lond gwlad o ffrindiau yn Ysgol Gynradd y Tymbl, ac roedd Tudur yn un o bedwar deg o hogiau yn ei flwyddyn yn Ysgol yr Hendre, Caernarfon. Callum a Liam a Deian oedd enwau prif ffrindiau Tudur (yr uwchgynghrair ffrindiau) a Tomi a Gethin oedd ffrindiau gorau Gwion, a daliai'r ddau i siarad â nhw drwy'r cyfrifiadur bron bob nos ar ôl symud i Lan-hir.

Roedd gan y ddau ffrindiau da a oedd yn digwydd bod yn ferched hefyd. Un o ffrindiau Gwion yn y Tymbl cyn iddo symud i Lan-hir oedd Nel drws nesaf, a dim ond galw ei henw dros ffens yr ardd fyddai'n rhaid iddo a dôi Nel draw i chwarae yn yr ardd neu yn ei ystafell wely, lle roedd ganddo gêm gyfrifiadurol a gadwai'r ddau yn ddiddan am oriau.

Doedd gan Tudur Maes-y-nant yr un ferch yn ffrind agos iawn, efallai am nad oedd merch yn byw drws nesaf iddo yng Nghaernarfon. Ond roedd ganddo gi – gast i fod yn fanwl gywir, felly efallai y gallech chi ddweud *fod* ganddo ffrind benywaidd – o'r enw Del. Ei nain a'i daid oedd pia Del, ond roedd y rheini'n byw o fewn tafliad carreg fach i Tudur, a threuliai Del fwy o'i hamser yn chwarae yn yr ardd efo Tudur nag a wnâi dan do yn nhŷ Nain a Taid. Yn anffodus, bu'n rhaid i Tudur ffarwelio â Del cyn dod i lawr i Lan-hir i fyw, a bodloni ar chwarae efo hi yn ystod gwyliau ysgol yn unig pan âi i aros at Nain a Taid.

'Gwion!' gorchmynnodd Mr Jones Cymraeg un bore gan ddihuno Gwion o freuddwyd am fynd i sglefrio gyda Tomi a Gethin ar hen bwll hwyaid y parc yn ymyl lle yr arferai fyw. Yn lle gwrando ar y wers, roedd e'n edrych allan drwy'r ffenest ar ddiwrnod crasboeth o Orffennaf a gwynt gwyliau'r haf ar yr awel, felly pam oedd e'n breuddwydio am sglefrio ar rew gyda Tomi a Gethin, doedd ganddo ddim syniad. 'Beth ydw i newydd 'i ddweud?'

'Ym…' dechreuodd Gwion yn nerfus gan nad oedd ganddo unrhyw syniad o fath yn y byd am beth roedd Jones Cymraeg wedi bod yn brygowthan. Trwy gornel ei lygad gallai weld Tudur Maes-y-nant ddwy res oddi wrtho'n gwenu'n fingam ar ei anghysur.

Ceisiodd Gwion gofio: gwers Gymraeg. Mae hynna'n ddechrau. Edrychodd ar y bwrdd gwyn a gweld geiriau – rhedodd, neidiodd, cariodd.

'Berfau!' atebodd Gwion yn falch ohono'i hun.

'Ie…' cyfaddefodd Mr Jones yn betrus, 'ond beth oedd y frawddeg roddes i fel enghraifft?'

'Ym…' meddai Gwion eto.

'Dyna sy'n dod o beidio â gwrando,' meddai'r athro gan droi yn ôl at y bwrdd gwyn.

Gwelodd Gwion yn sydyn fod Tomos Trwyn a eisteddai yn ei ymyl wedi ysgrifennu brawddeg yn ei lyfr.

'Rhedodd Mari at y ffôn!' gwaeddodd Gwion: doedd ganddo ddim byd i'w golli.

'Wel, ie… rhaid dy fod ti'n gwrando wedi'r cyfan,' meddai Mr Jones. Gwenodd arno a throi 'nôl at y bwrdd gwyn.

'Syr!' Roedd llaw Tudur Maes-y-nant wedi saethu i'r awyr. Trodd Mr Jones ato. 'Darllen hynna nath o. O lyfr Tomos. Welish i fo.'

'O… wel.' Roedd Mr Jones yn awyddus iawn i ailgydio yn llinyn ei wers. 'Gwrando sy ishe, ynde Gwion. Fe gei di ddigon o amser i freuddwydio yn dy wely heno.'

Taflodd Gwion gipolwg blin i gyfeiriad Tudur a bu bron iddo gael ei ddal gan Mr Jones wrth i hwnnw droi i ofyn i'r dosbarth am ragor o ferfau rheolaidd mewn brawddegau.

Dro arall, pan oedd y ddau yn ysgol fach Llan-hir, cawsant eu gorfodi i ganu deuawd yng nghyngerdd Nadolig yr ysgol. Athrawes lanw oedd Mrs Boosey, felly doedd ganddi hi ddim syniad am yr elyniaeth rhwng y ddau. Ystyriai hi mai syniad penigamp fyddai i Tudur a Gwion ganu 'Tawel Nos' gyda'i gilydd gan fod gan y ddau leisiau swynol, a gan mai nhw oedd yr unig ddau fachgen ym Mlynyddoedd 5 a 6.

Gosododd y ddau i sefyll ar lwyfan yr ysgol o'i blaen ac aeth at y piano. Chwaraeodd y cyflwyniad ac amneidiodd ar y ddau i ddechrau canu. Ni ddaeth smic o enau'r un o'r ddau.

'Wel, dowch fechgyn!' meddai. Ond byddai'r Nadolig wedi dod ac wedi mynd cyn y llwyddai'r un bod meidrol i gael Tudur Maes-y-nant a Gwion Ty'n y Ffordd i ganu 'run nodyn gyda'i gilydd. Dim ond anghytgord oedd i'w gael rhyngddyn nhw, a dyna fo.

Llwyddodd Mrs Boosey, mewn chwinciad, i gael Tudur Maes-y-nant i ganu pennill cyntaf 'Tawel Nos' efo Megan fach Blwyddyn 5 a llwyddodd hefyd, mewn dim, i gael Gwion Ty'n y Ffordd i ganu ail bennill 'Tawel Nos' efo Lowri Ann Blwyddyn 6, a chytunodd pawb fod llwyddo i gael Tudur a Gwion i rannu'r un llwyfan a'r un gân – os nad yr un pennill – yn andros o orchest ar ran Mrs Boosey.

A heddiw wedyn, yn yr ysgol uwchradd, baglodd Gwion ar draed Tomos Trwyn a tharo i mewn i Tudur wrth iddyn nhw gerdded i mewn i'w gwers Fathemateg.

'Wthiodd o fi, Miss!' protestiodd Tudur wrth yr athrawes.

'Naddo ddim!' mynnodd Gwion. 'Nelen i ddim cyffwrdd ag e rhag ofan i fi ddala rwbeth.'

'Be ddudist ti?' Trodd Tudur ato â'i wyneb yn goch. Doedd o ddim am gael ei fychanu gan Gwion Ty'n y Ffordd o flaen y dosbarth cyfan. 'Ty'd yma i ddeud hynna, y ffrîc bach!'

Mewn gwirionedd, anaml y digwyddai ffrae rhwng y ddau gan eu bod wedi hen ddysgu cadw o ffordd ei gilydd, ond ar ambell ddiwrnod fel heddiw, rhaid bod rhywbeth yn yr aer, achos byddai'r gwreichionyn bach lleiaf yn ddigon i yrru'r ddau benben â'i gilydd.

Anelodd Gwion ddwrn i gyfeiriad Tudur ond neidiodd hwnnw o'r ffordd cyn codi ei ddwrn yntau.

Dim ond gwylio a wnaeth Miss Smith Maths i gychwyn, a'i cheg yn llydan agored. Doedd hi erioed wedi gweld ffeit rhwng disgyblion o'r blaen, ac ni ddaeth i'w meddwl fod angen iddi roi stop arni.

'Cachgi uffar!'

'Pwrsyn jawl!'

Yna, rhoddodd Miss Smith Maths ddau a dau at ei gilydd a barnu fod angen iddi wneud rhywbeth.

''Na ddigon!' gwaeddodd. Ond naill ai roedd Tudur a Gwion heb ei chlywed neu roedd y ddau'n barnu *nad* oedd hynna'n ddigon, oherwydd ni chymron nhw iot o sylw ohoni. Llamodd Tudur am Gwion a gafael yn ei ysgwyddau. Ceisiodd Gwion binsio boch Tudur ond bachodd ei ewin ar ei ên a gadael sgraffiniad coch.

Cyn pen dim, roedd y dosbarth cyfan yn gwylio'n llawn rhyfeddod – ac yn taflu ambell edrychiad llawnach fyth o ryfeddod i gyfeiriad Miss Smith am nad oedd hi'n abl i allu rhoi stop ar bethau.

Yn ffodus i Miss Smith, ac yn hynod o anffodus i Gwion a Tudur, pwy ddaeth rownd y gornel ond Mr Jones Cymraeg. Heb oedi i ofyn cwestiynau, gafaelodd yng ngholeri'r ddau fachgen. Taflodd edrychiad llym i gyfeiriad Miss Smith a throdd ar ei sawdl, gan fartsio'r ddau, un bob ochr iddo, i gyfeiriad ystafell y prifathro. Prin bod eu traed yn cyffwrdd y llawr – edrychent fel dau byped yn cael eu cario ganddo.

'Fo oedd!' gwichiodd Tudur Maes-y-nant.

'Fe ddechreuodd!' ebychodd Gwion Ty'n y Ffordd.

'Pwy fyddai'n meddwl, a'r ddau ohonoch chi'n dod o'r un pentre,' meddai Mr Hughes y prifathro yn anghrediniol ar ôl bod yn rhuo am rai munudau ynghylch disgyblaeth ac anwarineb a rheolau. 'Ry'ch chi'n dwyn gwarth ar enw da Llan-hir.'

Doedd hi ddim yn glir pam oedd Mr Hughes yn poeni am enw da Llan-hir ac yntau'n byw yn y dref, ond wrth iddo'i ddweud, gostyngodd Tudur a Gwion eu pennau. Doedd yr un o'r ddau am ddwyn gwarth ar Lan-hir: dim ond brifo'i gilydd roedden nhw am ei wneud.

'Fo wthiodd fi,' protestiodd Tudur.

'Fe o'dd dan dra'd, w,' dadleuodd Gwion.

Hm, meddyliodd Mr Hughes wrtho'i hun, nid acen Llan-hir sydd gan yr un o'r ddau. Tybed oedd gan hynny rywbeth i'w wneud â'r peth?

'Tro nesa, fe fydda i'n ffonio eich rhieni,' rhybuddiodd. 'Nawr, ysgydwch ddwylo.'

Dim ffiars, meddyliodd Tudur. Cer i grafu, meddyliodd Gwion.

'Does 'da fi ddim drwy'r dydd,' gorchmynnodd y prifathro eto.

Cafwyd ysgwyd llaw byrrach nag a welwyd erioed yn hanes cadoediadau'r byd a bu'n rhaid i'r prifathro fodloni ar eu gadael i fynd i'w gwers nesaf.

Ar eu ffordd, aeth y ddau i mewn i'r toiledau i olchi eu dwylo ar ôl gorfod ysgwyd llaw. Gwnaeth Tudur sioe o sychu'i law mewn papur toiled caled nes ei bod hi'n gochach na'r sgraffiniad ar ei wyneb. Tynnodd Gwion hanner y bocs hancesi dwylo allan i sychu ei law e.

Yna, aeth y ddau i'r un cyfeiriad, gan gadw mor bell ar wahân ag oedd yn bosib.

2

'Os clywa i eto bo chdi 'di bod yn ffraeo hefo Gwion,'
meddai mam Tudur wrtho, 'fydd 'na ddim arian pocad,
fydd 'na ddim presant Dolig, fydd 'na ddim presant
pen-blwydd, fydd 'na ddim mynd allan i chwara, fydd
'na ddim byd.'

Roedd mam Tudur yn flin iawn ar ôl i Eurgain ei
merch ddweud wrthi fod Tudur wedi bod yn ymladd
yn yr ysgol ac wedi gorfod mynd gerbron y prifathro.
Fel athrawes ei hunan, doedd hi ddim yn deall pam
na fyddai'r prifathro wedi rhoi gwybod iddi: mae'n
ddyletswydd ar brifathrawon i wneud hynny pan fydd
eu plant nhw'n ymladd ar dir yr ysgol. Y gwir amdani
oedd mai mewn ysgol arall, nid yn ysgol y dref, roedd
mam Tudur yn dysgu, ac roedd hi byth a hefyd yn
gweld bai ar ysgol Tudur am mai dyna fel mae hi
rhwng ysgolion.

'Be *sy* matar arnach chi'ch dau?' holodd ei fam eto,
yn union fel roedd hi wedi bod yn holi dros y tair
blynedd ddiwethaf ers iddyn nhw lanio yn Llan-hir.

Roedd mam Gwion yn athrawes yn yr un ysgol â
mam Tudur, a'r ddwy yn gyrru ymlaen yn wych â'i

gilydd. Treulient oriau yn nhai ei gilydd yn Llan-hir yn trafod y gân actol neu'r cyflwyniad llafar y byddai'r ddwy'n cydweithio arnynt ar gyfer eisteddfodau'r ysgol a'r Urdd. Treulient ddogn go helaeth o'u hamser hefyd yn trafod pam ar wyneb daear na allai eu meibion fod yn ffrindiau â'i gilydd.

Atebodd Tudur mohoni, dim ond cau drws ei lofft a mynd i siarad efo'i ffrindiau go iawn yng Nghaernarfon drwy'r cyfrifiadur.

Tapiodd y bysellfwrdd. Tud490 yn galw Dei578.

'Hai' daeth ymateb gan Deian. 'Iown?'

'Gr8' teipiodd Tudur. 'Blaw FO.'

'Eto?' daeth yr ateb.

'Trbl' teipiodd Tudur. 'Row gin Prfthro. Csau fo.'

'Prfthro?'

'Na, FO!! Fflpn Gwion!!'

'O!! Stffio fo. Gwyl ha'n agos. Ti dod fama ta fi dod fana?'

'Fi dod fana.'

Doedd Tudur ddim isho i Deian ddod i lawr i Lan-hir i aros efo fo rhag ofn iddyn nhw ddigwydd taro ar Gwion Ty'n y Ffordd ac i Deian ddechrau meddwl, am ryw reswm gwirion, nad oedd Gwion yn foi mor ofnadwy â hynny wedi'r cyfan. A beth bynnag, roedd o'n ysu am drip i Gaernarfon, i gael gweld Taid a

Nain, a Liam a Callum a'r hogia eraill i gyd – a Del wrth gwrs.

Dafliad carreg i ffwrdd, roedd sgwrs debyg yn mynd rhagddi yn Nhy'n y Ffordd.

'Sdim byd yn bod ar y crwt, sai'n dy ddyall di.'

Mam Gwion oedd wrthi, yn ceisio dal pen rheswm â'i mab ar ôl i fam Tudur ei ffonio rai munudau ynghynt i roi gwybod iddi fod eu dau fab wedi bod yn ymladd yn yr ysgol.

Ceisio gwadu wnaeth Gwion yn gyntaf, dweud fod mam Tudur Maes-y-nant yn eu rhaffu nhw. Wedyn, cafodd glywed mai chwaer Tudur, Eurgain, oedd wedi dweud wrth ei mam am yr ymladd.

Nawr, roedd un cymhlethdod arall i'r berthynas stormus rhwng y ddau fachgen. Byth ers i deulu Tudur Maes-y-nant lanio yn Llan-hir, gwta chwe mis ar ôl i Gwion a'i deulu lanio yno, roedd Gwion Ty'n y Ffordd wedi bod mewn cariad ag Eurgain, chwaer fawr Tudur Maes-y-nant. Dim ond blwyddyn a hanner oedd rhwng Tudur a'i chwaer, a byth er pan laniodd llygaid Gwion arni gyntaf yn ysgol fach Llan-hir, roedd ei galon yn eiddo iddi. Po fwyaf roedd Gwion yn casáu Tudur, mwyaf oll roedd e'n caru Eurgain Maes-y-nant. Hen gymhlethdod bach diangen yn ei fywyd, ond nid fe oedd ceidwad ei deimladau, mae'n rhaid, am mai'r peth diwethaf fyddai e wedi'i ddymuno fyddai disgyn mewn cariad â chwaer y 'pwrsyn jawl'.

A phan geisiodd e wadu ei fod e wedi bod yn ymladd â Tudur yn yr ysgol, dyma ddywedodd ei fam:

'Wyt ti'n trio gweud fod Eurgain yn gelwyddgast?'

Ac wrth gwrs, ac yntau mewn cariad dwfn â hi – yn gyfrinachol iawn iawn wrth gwrs: doedd e ddim wedi cyfaddef hynny wrth neb, gan gynnwys Tomi a Gethin ar y cyfrifiadur – ni allai feddwl am ei bradychu drwy wadu'r hyn roedd hi wedi'i ddweud.

'Ga i fynd i aros 'da Tomi dros wylie'r ha?' gofynnodd i geisio dargyfeirio'r sgwrs.

Ond doedd ei fam ddim mor hawdd i'w thynnu oddi ar lwybr ei phregeth â hynny.

'Fydd dim un o dy dra'd di'n mynd i unman os nag wyt ti'n stopo'r cweryla dwl 'ma rhyntot ti a Tudur.'

Wedyn, ar ôl swper, gofynnodd tad Gwion iddo pam nad oedd e'n mynd i'r Aelwyd fel arfer ar nos Iau am saith o'r gloch. Teimlodd Gwion lygaid ei fam arno a daliodd ei hun rhag rhoi'r gwir reswm: 'Am fod Tudur Maes-y-nant yn mynd i fod 'na.' Cododd ei ysgwyddau a newid y rhaglen ar y teledu â'r teclyn.

'Ti'n mynd!' gorchmynnodd ei fam o ddrws yr ystafell fyw.

'A dyna fe,' ategodd tad Gwion.

'Ti'n mynd!' gorchmynnodd mam Tudur o ddrws eu lolfa nhw tua'r un adeg.

Wnaeth tad Tudur ddim ategu: roedd ei sylw fo wedi'i dynnu gan stori ar *Wedi* 7 am ddraenogod yn colli eu pigau.

Yn yr Aelwyd, roedd Sam, yr arweinydd, yn ceisio rhoi trefn ar weithgareddau'r tymor nesaf. Un brwd iawn oedd Sam − yn barod i ddechrau ymarfer cystadlaethau'r flwyddyn ganlynol bron yn syth wedi i'r rhestr testunau gael ei chyhoeddi. Roedd e'n gweld gwyliau'r haf fel cyfle i gael y blaen ar holl Aelwydydd eraill Cymru.

Clapiodd ei ddwylo i hel yr holl ferched, a Gwion a Tudur, i ganol y neuadd. Llwyddodd i gael tawelwch ymhen hir a hwyr − camp nid ansylweddol o ystyried yr holl siarad oedd gan y merched i'w wneud.

'Cân actol, eisoes ar y gweill. Gawn ni ddysgu'r caneuon ar nosweithie Mawrth a'r symudiade ar nosweithie Iau.'

'Gwylie yw gwylie i fod,' protestiodd Marian Siop. 'A gwylie *yw gwylie*.' Un huawdl fu Marian Siop erioed.

'Gore po gynta dechreuwn ni,' dadleuodd Sam. 'Unawde... nosweithie Mercher.' Edrychodd i gyfeiriad Manon a Mirain, dwy ddîfa Llan-hir a oedd bob amser yn mynd drwodd i'r Sir ar yr unawd. Neu'n hytrach, byddai *un* o'r ddwy bob amser yn mynd drwodd i'r Sir, gan beri ychydig bach o densiwn yn y pentref am wythnosau tra dôi tylwyth y llall i dderbyn methiant eu dîfa nhw: ond, bron yn ddi-ffael, cantores lwyddiannus y llynedd fyddai'r un aflwyddiannus eleni.

'Ymarfer yr ymgom ar nos Wener,' aeth Sam yn ei flaen. 'Eurgain a Siân, gawsoch chi gam y llynedd, falle cewch chi well lwc 'leni.'

Gwenodd Eurgain arno i gydnabod ei pharodrwydd i gymryd rhan yng nghystadleuaeth yr ymgom a daliodd Gwion ei hun yn syllu i'w chyfeiriad am amser hir fel pe bai rhywun wedi weldio'i drem yn sownd wrthi.

'A Tudur a Gwion… hoffen i eich gweld chi'ch dau'n rhoi cynnig ar yr ymgom 'leni hefyd. Chi yw'r unig ddau fachgen 'ych oed chi sy 'da ni. Dwi'n siŵr cewch chi hwyl arni.'

'Beth?' Doedd Gwion Ty'n y Ffordd ddim yn credu ei glustiau.

'No wê,' meddai Tudur Maes-y-nant.

Ond roedd Sam wedi mynd yn ei flaen i restru aelodau'r côr, y parti canu, y parti llefaru, y ddeuawd, y parti cerdd dant…

Ac erbyn yr wythnos wedyn, roedd Sam wedi paratoi dwy ymgom, un ar gyfer Eurgain a Siân ac un yn arbennig ar gyfer dau fachgen: Tudur a Gwion. Athro roedd Sam eisiau bod erioed ond fe fethodd ei Fathemateg TGAU wyth o weithiau felly rhoddodd y gorau i'w freuddwyd ac ymroi i dreulio'i amser yn rhedeg yr Aelwyd yn Llan-hir, a dwy neu dair o Aelwydydd eraill mewn pentrefi cyfagos. Roedd e'n byw ar fudd-daliadau'r llywodraeth, ac fel y dywedodd tad Tudur Maes-y-nant unwaith, chafodd y llywodraeth erioed gymaint o werth am eu harian ag a gafon nhw gan Sam yr Aelwyd.

Ni fentrodd Tudur na Gwion agor eu cegau. Gwyddent faint o amser y byddai Sam wedi'i dreulio'n chwysu uwchben sgript yr ymgom. Edrychodd Gwion draw at Tudur ym mhen arall y neuadd, a Thudur draw at Gwion yn yr un modd, a berwai casineb pur yn y gofod rhyngddynt.

Sam oedd yr unig un yn Llan-hir nad oedd wedi sylwi ar yr elyniaeth rhwng Tudur Maes-y-nant a Gwion Ty'n y Ffordd. Doedd fawr o ryfedd: roedd Sam bob amser yn rhy brysur i sylwi ar bethau gwirion felly, a beth bynnag, nid un o Lan-hir oedd e'n hollol. Roedd ei gartre union hanner ffordd rhwng Llan-hir a'r dref, yn y tai cyngor a osodwyd reit yng nghanol y wlad, ymhell bell o gyrraedd gwasanaethau cyhoeddus tref-ganolog gan ryw benbwl o swyddog Cyngor Sir flynyddoedd lawer yn ôl pan oedd tai cyngor yn dal i gael eu codi. Dibynnai ar fysus i deithio o un Aelwyd i'r llall, a'r broblem gyda dibynnu ar wasanaethau bws pan ydych chi'n byw yn y wlad yw eu bod nhw'n bethau hynod o *an*nibynadwy.

Edrychodd Gwion ar sgript yr ymgom ym mhen deheuol y neuadd, a gwnaeth Tudur yr un fath yn y pen gogleddol. Roedd hi'n amlwg fod Sam wedi chwysu'n hir dros acenion ei gymeriadau, gan fod cymeriad Tudur yn siarad ag acen ogleddol a chymeriad Gwion yn siarad ag acen ddeheuol.

Roedd golwg fyfyriol ar wyneb Sam ar ganol y neuadd, rhwng y pen gogleddol a'r pen deheuol.

'Newydd 'y nharo fi nawr,' meddai gan rwbio'i ên. 'Fe fyddai hon yn llawer mwy digri pe baech chi'n newid acenion. Ti, Tudur, i fod yn Siôn sy'n siarad ag acen y de, a thithe, Gwion, i fod yn Meic, sy'n siarad ag acen y gogledd. Swopo acenion. 'Na beth fydde sbort.'

Edrychodd y ddau arno mor gegagored â'i gilydd.

'Dewch, dewch,' gorchmynnodd Sam a'u hysio i ganol y llawr.

'Bora-da-su-ma-uu,' meddai Gwion gan or-wneud yr acen ogleddol yn helaeth.

'Ddim fel'na 'dan ni'n siarad,' protestiodd Tudur.

'Sgript!' gorchmynnodd Sam.

'Jiw, jiw, shw-mai-heddi,' meddai Tudur gan

or-wneud yr acen ddeheuol yr un mor helaeth ag y gwnaeth Gwion yr acen ogleddol.

'Hi-hi-hi-hi!' chwarddodd Sam wrth ei fodd. 'Syniad gore eto. Bob nos Wener am saith, fechgyn. Fe wna i'n siŵr bod y wobr gynta a'r ail ar yr ymgom yn dod i Lan-hir eleni, os mai dyna'r peth dwetha 'na i.'

3

Canodd y gloch olaf ar brynhawn olaf tymor yr haf gan ryddhau bonllefau o 'hwrês' o yddfau miloedd ar filoedd o blant ysgol ledled Cymru.

Roedd Tudur yr un mor falch â'r un ohonynt o weld y gwyliau'n cyrraedd, yn fwy balch os rhywbeth gan ei fod yn cael mynd i fyny i Gaernarfon ymhen pythefnos i weld ei hen ffrindiau. Câi o ac Eurgain aros gyda Nain a Taid a Del am bythefnos gyfan tra byddai'i dad a'i fam ar wyliau yn yr Alban. Roedd Eurgain a Tudur wedi cael cynnig mynd efo nhw, ond doedd yr Alban yn apelio dim at y naill na'r llall o'i gymharu â phythefnos yn ôl yng Nghaernarfon i'w dreulio gyda'u ffrindiau. Eu ffrindiau go iawn, meddyliodd Tudur – yn ei achos o p'run bynnag: roedd Eurgain eisoes wedi gwneud ffrindiau newydd yn Llan-hir, rhai cystal os nad gwell na'i hen ffrindiau bellach. Roedd tair blynedd yn amser hir.

Ac roedd tair blynedd yn amser hir i Tudur hefyd. Ysai am bob gwyliau, a byddai'n ddigon digalon ar ddiwedd pob un wrth feddwl am orfod mynd yn ôl i'r ysgol. Oedd, roedd o wedi gwneud un neu ddau o ffrindiau newydd o blith hogiau ysgol y dref, ond doedd yr un ohonyn nhw yr un fath â Callum a Liam a Deian.

Stwffiodd Tudur ei freichiau i mewn i'w sgrepan ac anelu am gatiau'r ysgol.

Yno, yn aros am un cipolwg olaf o Eurgain, roedd Gwion. Trodd ei ben wrth i Tudur ei basio ond welodd Tudur mohono'n gwneud gan ei fod yntau wedi troi ei ben i'r cyfeiriad arall rhag gorfod cydnabod bodolaeth Gwion.

Yna, gwelodd Gwion Eurgain yn nesu o gyfeiriad yr ysgol. Syllodd arni'n chwerthin gyda'i ffrindiau, a'i gwallt hir coch yn disgyn yn donnau am ei hysgwyddau. Roedd hi'n dal, tipyn talach na Tudur, a hi gafodd yr harddwch i gyd yn eu teulu nhw, roedd hynny'n amlwg. Gwyddai Gwion nad oedd ganddo obaith yn y byd o gael bod yn ffrindiau gydag Eurgain a hithau flwyddyn gron yn hŷn na fo.

Wedyn, roedd hi wedi'i basio heb hyd yn oed ei weld.

Trodd Gwion am y dref i gicio'i sodlau nes byddai ei dad yn gorffen ei waith a rhoi pàs adre iddo. Doedd e ddim yn edrych ymlaen at ymarfer yr ymgom heno, a'r peth dwetha roedd e eisiau oedd mynd i ymarferion dros yr haf ar y nosweithiau Gwener pan fyddai e a Tudur gartre.

Yna, roedd hi yno o'i flaen e eto, yn eistedd mewn caffi. Syllodd Gwion drwy'r ffenest fawr ar Eurgain brydferth, ei gariad er na wyddai hi hynny, hawlwraig ei feddyliau effro'r nos, eilun ei galon glaf.

Eisteddai yng Nghaffi'r Môr yn sgwrsio gyda thair o'i ffrindiau ac yn sipian diod feddal. Gallai weld ei dannedd bychan gwyn o ganol ei gwên, a'r bwlch bychan rhwng y ddau ddant blaen. Gallai weld ei gwddw lliw hufen yn lluniaidd o dan len sidan ei gwallt. Gallai weld ei boch felfedaidd wrth iddi droi i siarad â ffrind ar fwrdd arall. Yna, dilynodd llygaid Gwion hi'n codi i fynd at y cownter…

'Mochyn.'

Daeth y llais o'r tu ôl iddo, ond gwyddai'n syth pwy oedd yn berchen arno.

'Be ti'n neud yn sbio ar 'yn chwaer i fela? Sgin ti'm busnas.'

Gallai Gwion deimlo'i hun yn cochi wrth droi i wynebu Tudur ar y pafin. Gwyddai fod cochi'n gwneud ei sefyllfa'n waeth, ond doedd dim y gallai wneud i atal y llif gwaed i'w fochau. Daeth gwên fingam i wefusau Tudur.

'Ffansïo hi, wyt?'

'Ca' dy ben.'

'Ma Eurgain ni lawar rhy hen i chdi, hyd yn oed *tasa* gin ti obaith.'

'Sai'n lico hi. Pwy wedodd bo fi'n lico hi?'

'Amlwg braidd, tydi?'

Gwenai Tudur yn ffiaidd ar Gwion, yn falch o'i oruchafiaeth. Damiodd Gwion ei hun. Un peth oedd yn waeth na bod mewn cariad ag Eurgain, na fyddai byth bythoedd yn ei garu e'n ôl, a hynny oedd bod Tudur, ei elyn pennaf yn yr holl fydysawd, yn *gwybod* ei fod e mewn cariad â'i chwaer fawr.

'Jyst ca' dy ben,' poerodd Gwion ato, a gallai Tudur dyngu ei fod o'n gweld dagrau yn llygaid y diawl bach.

Roedd Gwion yn teimlo'r llosgi yn ei lygaid, ac er ei fod e'n barod i regi Tudur a dweud y pethau casaf a ddôi i'w ben, gwyddai na allai fentro gwneud hynny am fod yr hyn roedd Tudur yn ei ddweud yn berffaith wir. Trodd ar ei sawdl a cherdded i lawr y stryd, a dal ati wedyn i gerdded yr holl ffordd, bedair milltir gyfan ohoni, adre i Lan-hir.

Ac yntau'n chwys drops, stopiodd Gwion i gael ei wynt wrth arwydd y pentref.

Sylwodd fod car mawr crand gyriant pedair olwyn wedi'i barcio yn y dreif o flaen y bwthyn bach carreg a oedd â'i dir yn ymestyn o bobtu arwydd Llan-hir, fel nad oedd e yn y pentref yn llwyr na'r tu allan i'r pentref chwaith. Doedd Gwion ddim wedi sylwi ar neb yn gweithio yno dros y gaeaf ond roedd hi'n amlwg fod gwaith wedi cael ei wneud ar y lle: roedd e'n edrych fel newydd a phlac mawr yn dynodi mai Fair View oedd enw'r lle nawr.

Daeth pen i'r golwg rownd ochr y Range Rover mawr du.

'Hi,' meddai'r bachgen a ymddangosodd heibio i'r bonet. Roedd ganddo bêl yn ei ddwylo. 'Fancy a game?'

Doedd Gwion ddim yn siŵr iawn sut i ymateb. Nid yn aml y gofynnai dieithriaid pur iddo a oedd e eisiau gêm o bêl-droed. Ond roedd hwn wedi'i wahodd am gêm cyn cyflwyno'i hun, cyn gofyn i Gwion beth oedd ei enw hyd yn oed. Roedd Gwion yn edmygu ei hyfdra, rhaid dweud.

'Yes, ok,' atebodd, gan wybod na fyddai neb yn ei ddisgwyl adre nes y cyrhaeddai ei dad o'i waith.

Dilynodd Gwion y bachgen i mewn i ardd Fair View. Sylwodd fod rhywun yn y tŷ wrthi'n hongian llenni ar y ffenestri. Dechreuodd y ddau gicio pêl at ei gilydd ar y lawnt fawr o flaen y bwthyn.

'What's your name?' holodd y bachgen gan wthio'i frest allan i atal peniad gan Gwion. 'Mine's Kyle.'

'Gwion,' meddai Gwion.

'Funny name is that.' Trodd Kyle ei drwyn.

'It's Welsh,' meddai Gwion, fel pe bai amheuaeth y gallai fod yn enw Tsieineaidd neu Wrdw neu

Fecsicanaidd o ystyried eu bod ym mherfeddion cefn gwlad Cymru.

'Oh, yeah,' meddai Kyle. 'Mine's English.'

Gwenodd Gwion braidd yn llywaeth arno.

'Hi,' meddai rhywun o garreg y drws a throdd Gwion i weld dynes yn ei thridegau – na allai fod yn neb ond mam i Kyle – yn sefyll yno. 'I'm Kyle's mum.'

Ac eglurodd 'Kyle's mum' eu bod nhw wedi prynu'r tŷ fel lle i ddianc iddo dros wyliau'r haf o fwrlwm Chelsea a'u bod yn disgwyl i dad Kyle gyrraedd unrhyw funud o'i waith yn y Ddinas (doedd Gwion ddim yn siŵr pa ddinas ond aeth e ddim i holi) a oedd yn mynnu ei holl amser o un pen i'r flwyddyn i'r llall ar wahân i'r chwe wythnos bob haf ac ambell benwythnos fan hyn fan draw roedden nhw'n bwriadu eu treulio yn y bwthyn.

Holodd hynt a helynt Gwion wedyn a soniodd yntau lle roedd e'n byw a beth oedd gwaith ei rieni ac am Elan ac Enid, ei chwiorydd bach. Pwyntiodd at lle roedd Ysgol Llan-hir er na allent weld heibio i'r coed mawr bythwyrdd a gysgodai'r tŷ. Pwyntiodd wedyn i gyfeiriad y neuadd a'r cae chwarae a'r dafarn.

'Yeah, I heard there was a pub. That's good.'

Ac at siop fach y post a'r capel a'r eglwys.

Soniodd wedyn am Sam yr Aelwyd a chael cryn

drafferth i egluro i Kyle a Sylvia ei fam beth oedd yr Urdd.

'Youff club,' meddai Kyle.

'Sort of, but in Welsh,' meddai Gwion.

'You'll have to learn it, Kyl–ie,' meddai Sylvia'n ddidaro gan anelu'n ôl i mewn i'r bwthyn.

'Don't need to, do I?' meddai Kyle ar ei hôl. 'Everybody speaks English.'

Chwarddodd Gwion a bu'r ddau'n cicio pêl i'w gilydd am ychydig. Yna, cofiodd Gwion y byddai ei fam yn ei ddisgwyl e adre bellach.

Ffarweliodd â Kyle ar ôl gwneud yn siŵr fod hwnnw'n gwybod lle roedd e'n byw. Fyddai gwyliau'r haf ddim mor hir yng nghwmni bachgen arall yr un oed ag e.

Gallai weld ei hun yn tyfu'n dipyn o ffrindiau gyda Kyle.

4

Mynd â llythyr i'w bostio dros ei fam oedd Tudur pan sylwodd ar y bachgen. Roedd o'n mynd i mewn i siop y post a'i bêl o dan ei fraich. Synnodd Tudur weld bachgen dieithr ei oed o yn y pentref, ond roedd hi'n wyliau'r haf, cofiodd, a nifer o ddieithriaid o bob oed yn dod i aros efo perthnasau yn yr ardal, ac ambell ymwelydd yn digwydd pasio heibio.

Gofynnodd Tudur i Carys Post am stamp a tharodd hi ar yr amlen â'i ddwrn (y stamp, nid Carys).

'Got any mags?' gofynnodd y bachgen dieithr i Carys. Acen cocni, meddyliodd Tudur. Acen gyfarwydd iawn dros wyliau'r haf, er nad oedd mor gyfarwydd ag acenion Birmingham a Lerpwl.

'Only what you see in front of you,' meddai Carys gan bwyntio at y dewis o gylchgronau ar y stand o dan drwyn y Sais.

'Got *Match of the Day* then?' holodd y dieithryn eto ar ôl sbio'n hir ar lun o Craig Bellamy ar glawr *Golwg* a phenderfynu nad oedd o'n deall yr iaith.

'If it's there, we do. If it's not, we don't,' meddai Carys yn ffwr-bwt cyn troi at gwsmer arall.

Gwelodd Tudur glust *Match of the Day* yn gwthio allan heibio i'r *Cymro*, a thynnodd o allan i'r bachgen dieithr.

'Thanks, mate,' meddai hwnnw wrth Tudur. Gwenodd Tudur arno a rhoddodd y bachgen yr arian i Carys.

Holodd hithau iddo wrth roi'r arian yn y til o ble roedd o'n dod a chafodd wybod mai Kyle oedd ei enw a'i fod o a'i deulu'n byw yn Fair View. Trodd trwyn Carys y mymryn lleiaf wrth iddi glywed hyn.

'It used to be called Bryn Gwynfyd,' meddai Carys.

'Me mum changed it, cos that's impossible to say,' meddai Kyle.

Cnoi ei thafod wnaeth Carys a syllu'n hyll ar Kyle, er na sylwodd o.

Oedodd Tudur tu allan i gicio ei sodlau yn y gobaith y byddai'r bachgen newydd yn aros i siarad efo fo.

Daeth y bachgen allan a gwenodd Tudur arno.

'Hai, I'm Tudur,' meddai.

Cyflwynodd Kyle ei hun iddo a gofyn i Tudur oedd o'n ffansi dod efo fo i gicio pêl yn y cae chwarae.

Wrth fynd i mewn i'r cae chwarae, gwelodd Tudur fod Gwion yno, a'i ddwylo ym mhocedi ei jîns, yn cicio pêl ar ei ben ei hun. Doedd dim bwriad gan Tudur i rannu Kyle efo fo, felly awgrymodd i Kyle eu bod yn mynd adre i gicio pêl ar lawnt Maes-y-nant. Ond roedd Kyle wrthi'n cyfarch Gwion a saethodd gwayw o genfigen drwy Tudur wrth sylweddoli fod y ddau eisoes yn nabod ei gilydd.

Dechreuodd Kyle gicio'r bêl at Gwion a chiciodd yntau hi'n ôl ato. Teimlai Tudur fel lemon. Yna, saethodd Kyle y bêl i'w gyfeiriad yntau a chiciodd Tudur hi'n ôl ato.

Edrychodd Gwion ar y ddau'n pasio nôl a mlaen i'w gilydd ddwywaith neu dair cyn i Kyle roi cic i'r bêl i'w gyfeiriad. Yn hytrach na'i chicio, trodd Gwion ar ei sawdl a galwodd Kyle ar ei ôl i ofyn iddo lle roedd e'n mynd. Atebodd Gwion yn surbwch fod ei fam e'n ei ddisgwyl e adre.

'That's how he is,' meddai Tudur, yn gweld ei gyfle i ladd ar Gwion yn ei gefn.

'Wasn't how he was yesterday,' meddai Kyle.

Gwyddai Tudur yn iawn na fuasai Gwion Ty'n y Ffordd wedi anelu'r bêl i'w gyfeiriad o fwy nag y byddai o wedi anelu'r bêl ato yntau.

Dyna pam y diflannodd Gwion mor sydyn. Gwyddai y byddai aros wedi amlygu'r elyniaeth fawr a doedd e'n bendant ddim yn mynd i chwarae gyda Tudur. Câi gyfle eto i chwarae gyda Kyle. Âi yno ar ôl cinio i gnocio ar ddrws ei dŷ i'w wahodd i ddod am dro ar hyd glannau'r afon. Gwyddai am lefydd da i adeiladu den a pha goed i'w dringo. Buan iawn y dôi Kyle ddinesig yn blentyn y wlad o dan ei arweiniad e.

★

Sylvia atebodd y drws.

'Sorry love, he's gone for a walk down the river with another boy. Just phoned me now. If you hurry, you might be able to catch them. I think it's that way.'

A phwyntiodd Sylvia i gyfeiriad y llwybr cyhoeddus. Disgynnodd calon Gwion i'w sodlau. Pe bai Sylvia wedi dal gwn i'w dalcen a'i orfodi i'w dilyn, fyddai Gwion ddim wedi mynd.

Ond roedd dychmygu'r ddau, Tudur Maes-y-nant a'i gyfaill newydd e, yn cyfnewid gwybodaeth am eu hysgolion, eu hoff dimau pêl-droed a'u teuluoedd bron â mynd yn drech na Gwion.

Aeth rhai munudau heibio cyn iddo sylweddoli ei fod e'n dilyn y llwybr ar hyd glan yr afon, ac erbyn iddo wneud hynny roedd e wedi penderfynu mynd y ffordd honno p'run bynnag – go brin y trawai ar Kyle a Tudur a nhwythau wedi hen fynd. Gwyddai mai dilyn y ffordd yn ôl rownd i'r pentref a wnâi Tudur gan mai dyna a wnâi pawb, felly doedd dim perygl y dôi'r ddau yn ôl i'w gyfarfod.

Meddyliodd Gwion am yr haf hir o'i flaen a dim i'w wneud. Byddai'n mynd ar ei wyliau'n ôl i'r Tymbl, ond roedd wythnosau o amser i'w ladd cyn hynny. Wrth gerdded ar hyd y llwybr drwy'r coed deiliog tal, ni welai'r awyr yn las drwy'r brigau na'r haul yn gwneud patrymau ar y ddaear. Ni chlywai'r afon fach yn canu ei chân wrth redeg i'w gyfeiriad, na thrydar yr adar yn chwarae o gwmpas y dorlan. Ni lwyddai si y gwenyn prysur i dorri ar draws ei feddyliau wrth iddo lyfu'i glwyfau drosodd a throsodd.

Sylweddolodd Gwion ei fod e'n teimlo'n unig. Byddai wedi gallu galw heibio i ffrindiau ysgol yn y dref ond roedd dal y bws i'r fan honno'n costio arian poced prin. Gallai godi ffôn ar ffrind a gofyn i'w fam fynd i'w godi yn y car, neu fynd â Gwion draw ato, ac mae'n siŵr y gwnâi hynny fory, ond roedd hynny'n drafferthus hefyd.

Na, meddyliodd Gwion, doedd ganddo'r un cyfaill parod, neb y gallai daro heibio iddo'n hawdd am sgwrs. Fe, Gwion Ty'n y Ffordd, oedd y bachgen mwyaf unig yn y byd.

Bob tro y cerddai drwy Lan-hir, byddai ei feddwl yn troi at Eurgain. Doedd neb yn fwy parod na Gwion i fynd i'r siop dros ei fam neu i daro ar neges at hon a'r llall, gan roi cyfle iddo basio Maes-y-nant yn y gobaith o gael cip ar wrthrych ei gariad. Roedd dwy ochr i bob ceiniog, wrth gwrs, a'r gobaith o'i gweld yn cael ei lesteirio braidd gan ei obaith *na* welai ei brawd. Nid bod hynny'n artaith chwaith: doedd Tudur ddim parotach i siarad â Gwion nag oedd Gwion i siarad ag e, felly doedd dim problem fel y cyfryw. Ond yn bendant, gallai gyfrif ar ddau fys sawl gwaith y gwelodd Eurgain allan yn Llan-hir, a byddai angen ugain o ddwylo arno i gyfrif y troeon y gwelsai Tudur. Felly y mae bywyd, meddyliodd Gwion Ty'n y Ffordd: am bob un digwyddiad bendigedig sy'n dod i'ch rhan, rhaid i chi ddioddef cant o ddigwyddiadau diflas.

Wrth bwdu fel hyn, cyrhaeddodd Gwion y darn o'r llwybr lle âi'r coed yn fwy trwchus a lle câi'r haul ei gau allan bron yn llwyr. I ganol ei feddyliau, treiddiodd sŵn lleisiau. Arhosodd i wrando.

Clustfeiniodd. Dôi'r lleisiau o ganol y trwch coed, a doedd e prin yn clywed mwy na sibrwd. Heb wrando'n astud, gallai fod wedi cymryd mai siffrwd y dail oedd y sŵn ond gwyddai, wrth aros i wrando, fod rhywun yn y clwstwr coed a ymestynnai i ffwrdd oddi wrth yr afon. Roedd y lleisiau'n rhy bell iddo allu eu nabod ond teimlai'n weddol siŵr mai Tudur Maes-y-nant oedd pia un llais a Kyle beth bynnag oedd ei gyfenw oedd pia'r llall.

Awydd cyntaf Gwion oedd cerdded ymlaen gyda'r afon, i ffwrdd oddi wrth y lleisiau, ac yn ôl adre i wylio'r teledu am weddill yr haf. Wedyn, ystyriodd y gallai fod yn hwyl chwarae gêm fach gydag e'i hunan. Gallai esgus bach mai fe oedd ysbïwr gorau'r byd ac mai'r ddau fachgen oedd y terfysgwyr a fygythiai wareiddiad.

Ar flaenau ei draed, dilynodd gysgodion y coed i gyfeiriad y lleisiau. Tyfodd y rheini wrth iddo fynd yn ei flaen a gallai bellach adnabod acen ogleddol atgas Tudur ac acen ddieithr Kyle. Swniai Tudur yn wirion yn siarad Saesneg, fel pe bai'n ceisio swnio mor cŵl â Kyle ond yn methu. Nesaodd Gwion, gan droedio'n fwy gofalus.

Bu bron iddo neidio o'i groen wrth sylweddoli fod y lleisiau bellach uwch ei ben yn rhywle, a gostyngodd i'w gwrcwd yn syth. Tarodd y brigau ei wyneb ac roedd hen ddreiniach a rhedyn yn mynnu gwthio'u hunain yn ei ffordd. Ciliodd ymhellach i'r cysgod a gwrando.

'This is brill, mate.'

'We've got thousands of trees.'

Sylweddolodd Gwion fod y ddau i fyny ym mrigau'r coed yn rhywle a syllodd drwy'r gwyll a'r deiliach am unrhyw symudiad. Gwelodd frigau'n ysgwyd rai llathenni oddi wrtho, ymhell i fyny mewn hen gastanwydden lydan a dyfai yng nghanol y coed bythwyrdd a rwystrai ei ffordd. Ciliodd y tu ôl i binwydden fawr a syllu i'r lle gwag o dan y gastanwydden. Byddai'n rhaid iddo fod yn ofalus rhag cael ei ddal.

Edrychodd i fyny a gweld pen-ôl coch Tudur yn gwthio drwy'r dail trwchus tua ugain troedfedd o'r llawr. Yna, gwelodd fflach o grys-T melyn Kyle ychydig i'r chwith ohono.

'We could build a den.' Llais llawn cyffro Kyle.

Gallai Gwion eu clywed nhw'n glir bellach.

'We could get the uvers to help,' meddai'r Llundeiniwr bach wedyn.

'What others?' holodd Tudur.

'The uver kids, we could build us a mansion up 'ere.'

'There's no other kids,' meddai Tudur. 'Just us and the girls.'

'What about that boy wiv the ball? He played a bit of footie wiv me last night, but he was really weird today.'

'Very,' gallai Gwion glywed Tudur yn cytuno'n bendant. 'He's no-one. Bit of a pain in the arse.'

Bu bron i Gwion â thagu wrth glywed Tudur yn lladd arno. Doedd y teimlad o glywed rhywun yn dweud pethau anghynnes amdanoch chi ddim yn un braf.

'And he's in love with my big sister.'

Collodd calon Gwion ei churiad a fferrodd wrth glywed hyn. Roedd e eisiau rhedeg oddi yno, ymhell bell i rywle lle nad oedd neb wedi clywed am Lan-hir, rhywle lle gallai dreulio gweddill ei oes yn anghofio am y twll lle. Rhywle'n agos i adre yn y Tymbl.

'Is that why you don't like him?'

'No,' meddai Tudur. 'He's a little perv because of that, yes, but I only found that out yesterday. I've never liked him.'

Bu'r ddau'n dawel am funud wedyn. Ceisiodd Gwion arafu ei anadlu a chael gwared o'r gwrid oedd ar ei wyneb er ei waethaf. Gwyddai nad oedd neb yn gweld y gwrid, ond nid dyna'r pwynt. Roedd y gwrid yn gyfaddefiad fod geiriau Tudur wedi cael effaith arno a doedd Gwion ddim eisiau cyfaddef hynny.

Am y canfed tro, daliodd ei hun yn difaru ei enaid mai gyda chwaer Tudur Maes-y-nant roedd e wedi disgyn mewn cariad yn hytrach nag unrhyw un o'r tri neu bedwar biliwn arall o fenywod yn y byd.

Rhaid iddo ddangos i Kyle mai celwyddgi bach oedd Tudur. Fe wnâi'n siŵr mai fe, Gwion, gâi gwmni'r dieithryn fory, iddo gael dweud un neu ddau o wirioneddau wrtho am y Gog.

Yn ddistaw bach, trodd yn ei ôl drwy'r drain i gyfeiriad y llwybr.

Byddai angen iddo godi'n gynt bore fory os oedd e am drechu Tudur Maes-y-nant yn y frwydr am sylw Kyle Fair View, Bryn Gwynfyd gynt.

5

Am ddeg o'r gloch y bore canlynol, Tudur Maes-y-nant oedd yn curo ar ddrws Fair View. Agorodd Sylvia'r drws a dweud wrtho ei fod o'n rhy ddiweddar: roedd y bachgen bach arall wedi bod yma dros awr ynghynt ac roedd o a Kyle wedi mynd draw i dŷ y bachgen arall – 'Can't say 'is name, starts with a gee' – i chwarae gêmau cyfrifiadurol.

Diolchodd Tudur iddi a rhegi Gwion Ty'n y Ffordd yn ei ben. Cerddodd adre i wylio'r teledu am weddill y diwrnod a chael ei felltithio gan Eurgain am feiddio meddiannu'r lolfa a hi a'i ffrindiau eisiau dod yno i ymarfer dawnsio disgo.

Addunedodd Tudur Maes-y-nant i godi'n gynt y bore canlynol.

★

Y bore wedyn, Gwion Ty'n y Ffordd gyrhaeddodd Fair View am naw o'r gloch y bore a chael gwybod gan Sylvia yn ei chôt nos a'i slipars fod Kyle eisoes wedi mynd gyda Tudur i rywle. Diolchodd Gwion a rhegi Tudur Maes-y-nant o dan ei wynt.

Rai oriau'n ddiweddarach, cyrhaeddodd Tudur neuadd y pentref i'r Aelwyd â'i wynt yn ei ddwrn. Roedd olion mwd ar ei drowsus a'i wyneb yn goch a phan ofynnodd Sam iddo oedd e'n iawn, dywedodd Tudur mai wedi bod yn gwneud den yn y coed wrth yr afon roedd o, gyda'i ffrind newydd. Clywodd Gwion bob gair a gwyddai fod y frwydr o'i flaen yn mynd i fod yn llawer anoddach i'w hennill nag oedd e wedi'i feddwl. Clywodd Eurgain yn chwerthin ym mhen arall y neuadd a throdd ei ben yn reddfol i edrych arni. Pan drodd ei ben yn ôl i wrando ar Sam yn mynd trwy ei gyfarwyddiadau ynghylch yr ymgom, gwelodd Tudur Maes-y-nant yn gwenu'n sbeitlyd arno. Ceisiodd Gwion benderfynu ai gwên oherwydd ei fod e wedi cael cwmni Kyle drwy'r dydd neu am ei fod wedi'i ddal e'n edrych ar Eurgain oedd hi. Y ddau siŵr o fod, meddyliodd Gwion wrtho'i hun yn ddiflas.

'Ceisiwch edrych fel se chi'n 'i feddwl e, fechgyn,' meddai Sam wrth y ddau. 'Ma actio'n galw am fwy na rhaffu geiriau at 'i gilydd. Nawrte, mwy o acen y de, Tudur, a mwy o acen y Gog gen ti, Gwion.'

Cyfnewidiodd y ddau acenion a chasáu gwneud ati i siarad fel ei gilydd. Trodd sylw'r merched a oedd yn ymarfer eu hymgomiau a'u llefaru ym mhen arall y neuadd i edrych arnyn nhw pan ddaeth yr acenion dieithr i'w clustiau. Mynnai Tudur orwasgu'r i-dot nes ei bod hi'n swnio fel gwich llygoden bob tro y byddai'n ei hynganu, a mynnai Gwion oryddfio'r u-bedol nes bod ei dafod cyrliog yn gwthio allan o'i geg a'r synau mwyaf annaearol yn dod ohono. Gwenodd Sam arnynt wrth i'r merched ddod draw.

Sylwodd Gwion fod Eurgain yn ei dyblau wrth wrando arnyn nhw. Byddai unrhyw ddau berfformiwr arall wedi cydlawenhau yn eu gallu i ddifyrru fel hyn a gwneud i bawb chwerthin, ac yn wir, *fe* ddechreuodd Tudur a Gwion fel ei gilydd deimlo fod ganddyn nhw, drwy lampŵnio acenion ei gilydd, fwy o rym fel pâr i dynnu sylw'r byd a diddanu cynulleidfa nag a fyddai gan yr un ohonyn nhw ar ei ben ei hun. Edrychai'n debyg i Sam fod cystadleuaeth yr ymgom yn y bag yn barod, ac am y tro cyntaf dechreuodd rhywbeth feddalu rhwng y ddau gydberfformiwr.

Yna, agorodd drws y neuadd a daeth Kyle i mewn. Wnaeth meddyliau Tudur a Gwion ddim cofnodi ar unwaith mai Kyle oedd e a'i fod e newydd gerdded i mewn i'r Aelwyd i'w gweld nhw ill dau ar y llwyfan yn gwneud y synau rhyfeddaf mewn iaith na ddeallai. Felly, bwriodd y ddau ymlaen drwy'r ddeialog am eiliadau cyn tawelu'n sydyn. Trodd pennau'r gynulleidfa fechan o ferched a Sam i weld beth oedd wedi tarfu ar y perfformiad.

'Wha's all that larkin' about?' gofynnodd Kyle i Gwion neu Tudur neu'r ddau.

'It's the ymgom,' meddai Sam. 'They're acting.'

'Sounds like a load of rubbish to me,' meddai Kyle gan wisgo gwên fach wawdlyd ar ei wyneb.

Syllai Tudur a Gwion ar eu traed mewn gwaradwydd o gael eu dal gan y cyfaill gorau a fu gan yr un ohonyn nhw – wel, y cyfaill a fyddai *wedi bod* yn gyfaill pennaf i'r naill ohonyn nhw fel y llall cyn iddo lanio yn eu plith a'u dal yn gwneud ffyliaid llwyr ohonyn nhw eu hunain.

'Well, that's where you're wrong, my friend,' meddai Sam wrth Kyle.

'Don't fink so, Granpa,' meddai Kyle wrth Sam nes bod un neu ddwy o'r merched yn tynnu gwynt.

Doedd Tudur na Gwion ddim wedi clywed Kyle yn siarad fel hyn efo neb o'r blaen, ac er bod gwên fach yn chwarae ar ei wefusau wrth iddo siarad â Sam, gan wneud iddo ymddangos yn fwy chwareus na gwawdlyd yng ngolwg y ddau, doedden nhw ddim yn teimlo'n gyffyrddus o gwbl efo presenoldeb Kyle yn y neuadd.

Oedodd Sam am hanner eiliad i syllu ar y bachgen newydd ac i lyncu'r hyn roedd y Sais wedi'i ddweud wrtho. Yna, gwenodd yn llydan ac aeth draw at Kyle i egluro'n fanwl iddo beth oedd yr Urdd a beth oedd yr Eisteddfod a beth oedd yr Aelwyd, gan oedi i geisio cyfleu gwychder y mudiad a'i gyfraniad ym mywydau plant y cenedlaethau. Doedd dim mynegiant ar wyneb Kyle drwy'r bregeth fer.

'So…' meddai Kyle pan oedodd Sam yn ddigon hir iddo gael dau air i mewn. 'How do I join?'

Chwarddodd Sam yn uchel a rhoi slap gyfeillgar i ysgwydd Kyle.

'That's brilliant!' cyhoeddodd. 'You won't be two ticks learning Welsh from this lot.'

Gwenodd y merched arno ychydig bach yn wyliadwrus: doedd ganddyn nhw ddim cweit cymaint o ffydd yn eu gallu fel athrawon ag a oedd gan Sam. Sylwodd yntau ar eu petruso.

'Dewch nawr, ferched… a chi'ch dau. Fel *hyn* ma cenhadu. Denu pobol i ddysgu'r iaith.'

'Oes pwynt os 'di o'n mynd adra i Lundan mewn mis?' mentrodd Eurgain ofyn.

'Wel, oes siŵr iawn!' meddai Sam. 'Ma pob dysgwr yn werthfawr tu hwnt.'

'Hang on,' meddai Kyle a dod i ganol y criw. 'Who said anythin' about learning *Welsh*? If you fink I'm gonna learn the lingo you can fink again. I just want to join sos I can hang about wiv you lot. It's pointless learnin' Welsh.'

''Na fo, ddudish i,' meddai Eurgain.

'Stupid language,' meddai Kyle wedyn. 'We all speak English, wha's the point of Welsh?'

Gwelodd Gwion y gwrid yn codi ar wyneb Eurgain.

'Because it's what we speak,' meddai Eurgain. 'If you go to France, people there speak French. If you go to Spain, people there speak Spanish. Here, we speak Welsh. If you don't like it, then you can – '

'Iawn, Eurgain,' torrodd Sam ar ei thraws yn bendant. 'Does dim ishe rhegi.'

'Nesh i ddim rhegi,' meddai Eurgain.

'O't ti'n *mynd* i regi,' dadleuodd Sam, a wnaeth Eurgain ddim dadlau 'nôl.

'You look good when you're angry,' meddai Kyle wrth Eurgain, 'even though you speak that load o' crap.'

Cododd Eurgain ei llaw i daro Kyle a gafaelodd Sam ynddi cyn iddi lwyddo i wneud. Cofiodd Sam mai fe oedd yn gyfrifol am yr Aelwyd ac am ofalu na fyddai gwaed yn rhedeg ar loriau pren y neuadd, felly gorchmynnodd yr aelodau i droi'n ôl at eu hymarferion a gadael llonydd i'r ymwelydd. Rhoddodd ei fraich am ysgwydd Kyle a'i droi i gyfeiriad y drws. Dywedodd wrtho mor garedig ag y gallai mai mudiad Cymraeg ei iaith oedd yr Urdd, a'i gyfarfodydd yn cael eu cynnal yn Gymraeg, a bod croeso iddo ymuno cyhyd â'i fod e'n parchu hynny ac yn gwneud ymdrech i ddysgu ychydig bach o'r iaith.

Aeth Kyle allan yn bwdlyd. Trodd Sam yn ôl at y ddau ymgomiwr ond roedd Gwion a Tudur, yn annibynnol ar ei gilydd, wedi penderfynu fod yr ymarfer ar ben ac mai gyda Kyle oedd eu lle nhw ac yntau wedi'i droi o'r neuadd.

'Hei, lle chi'n mynd?' galwodd Sam ar ôl y ddau.

'O 'ma,' galwodd Tudur yn ôl dros ei ysgwydd.

'Digon o ymarfer am heddi,' meddai Gwion wrth afael yn ei sgript a'i rolio'n dynn dynn.

'Fi sy i weud 'ny,' ebychodd Sam. 'Dewch 'nôl fan hyn!'

'Stwffio'r ymgom,' meddai Tudur wrth fynd drwy'r drws. 'A stwffio'r Aelwyd, a stwffio'r Urdd.'

Aeth Tudur allan, a Gwion ar ei ôl, ond doedd dim arwydd o Kyle.

Ystyriodd y ddau, heb dorri gair, fynd draw i Fair View ar ei ôl. Ond wnaeth yr un ohonyn nhw hynny rhag ofn y byddai'r llall yn dilyn. Aeth y ddau adre i ferwi am anghyfiawnder Sam.

Ymhen awr, roedd Sam wedi ffonio'r ddwy set o rieni, a'r ddwy fam wedi trafod y mater dros y ffôn. Roedd Tudur yn ei lofft yn pwdu pan ddaeth cnoc ar y drws lawr grisiau. Mair, mam Gwion Ty'n y Ffordd. Clywodd ei llais hi a'i fam yn y gegin oddi tano a gwyddai fod gadael yr Aelwyd hanner ffordd drwy'r ymarfer wedi cael mwy o effaith na phe bai o a Gwion Ty'n y Ffordd wedi lluchio grenâd llaw i mewn i blith yr aelodau.

Cnoc ar ddrws ei lofft, a'i fam yn dod i mewn heb aros iddo'i gwahodd. Roedd mam Gwion yn sefyll tu ôl iddi.

'Reit! Dwisho gwbod be 'di'r gêm.' Roedd tân yn llygaid ei fam a min ar ei llais. 'Sut allwch chi drin Sam fel hyn a fynta'n rhoi pob dim er eich mwyn chi?'

'Toedd ganddo fo ddim hawl troi Kyle i ffwrdd.'

'Yn ôl fel dwi'n dyall, nath e ddim o'r fath beth,' meddai mam Gwion. ''I *wahodd* e i ddod atoch chi nath Sam. Rhoi cynnig iddo fe ymuno.'

'Ar yr amod ei fod o'n dysgu Cymraeg,' meddai Tudur.

'Ddim o gwbwl,' meddai ei fam. 'Ar yr amod 'i fod o ddim yn troi iaith yr Aelwyd yn Saesneg. Mae 'na wahaniaeth mawr. Os ydi Kyle isho ymuno i'ch clywed chi'n siarad Cymraeg efo'ch gilydd, yna mi geith siŵr iawn.'

'Hiliaeth ydi hynna,' meddai Tudur. Daethai'r gair i'w ben o rywle, ac erbyn iddo ddechrau ystyried roedd o wedi'i ddweud. Roedd wyneb ei fam a mam Gwion yn bictiwr.

'Union beth wedodd Gwion,' meddai mam Gwion

wrth fam Tudur. 'Sai'n gwbod beth sy wedi digwydd iddon nhw, wir i ti. Ti'n rhoi magwrieth dda i dy blant, a dyma shwt maen nhw'n diolch i ti.'

'Dwi'm isho bod yn rhan o'r fath beth,' meddai Tudur ar ôl gweld fod y gair wedi gadael y fath argraff ar y ddwy. Gallai drin y digwyddiad fel mater o egwyddor. 'Dwi'm am fynd eto.'

'Gawn ni weld am hynny,' meddai ei fam, wedi'i brawychu gan ei ddatganiad. 'Gawn ni weld am hynny pan ddaw dy dad adra!'

Ond hyd yn oed ar ôl i'w dad ddod adre, newidiodd Tudur mo'i feddwl. Ac yn rhyfedd iawn, yn ôl fel y deallodd o'r hyn a ddywedodd mam Gwion, roedd yntau wedi dewis yr un llwybr o egwyddor â fo, ac wedi digwydd glanio ar y gair 'hiliaeth' fel ffordd o amddiffyn Kyle rhag llach tafodau oedolion annheg. Gallai Tudur feddwl am gant a mil o bethau gwell y gallai o a Kyle eu gwneud yn yr amser y byddai wedi'i dreulio fel arall yn yr Aelwyd.

A hyd yn oed os oedd Gwion yn gwneud yn union yr un fath ag o, roedd camu'n bendant i wersyll Kyle, ei ffrind newydd, yn deimlad gwell na mynd i'r Aelwyd i ymarfer rhyw hen ymgom wirion.

Byddai'n mynd i Gaernarfon am bythefnos ymhen deuddydd: roedd hi'n bwysig felly ei fod o'n manteisio ar fory cyn iddo fynd ac yn gwneud yn siŵr na fyddai

Kyle yn anghofio mai *fo* oedd ei ffrind gorau yn Llan-hir, nid Gwion Ty'n y Ffordd.

Ers yr wythnos roedd o wedi nabod ei gyfaill newydd, roedd cyffro mynd i Gaernarfon wedi pylu damaid yn Tudur. Am y tro cyntaf, nid pleser digymysg oedd edrych ymlaen at dreulio amser yn y gogledd efo Taid a Nain a Del. Gwyddai fod pythefnos yn amser hir: yn amser digon hir i Gwion roi ei fachau yn Kyle ac yntau ddim yn gorfod cystadlu am ei gwmni. Roedd hi'n hollbwysig felly ei fod o'n gwneud y gorau o'i gyfle cyn mynd.

Y bore wedyn, bore dydd Sadwrn, cyrhaeddodd Tudur garreg drws Fair View am hanner awr wedi wyth. Ymhen hir a hwyr, Sylvia flin a agorodd y drws yn ei chôt nos a'i slipars a'i gwallt am ben ei dannedd.

'What the hell brings you here this time of the morning?' Doedd dim o'r ysgafnder arferol ar ei llais ac ofnai Tudur y câi gelpen ganddi, cymaint o dymer oedd yn ei llygaid ac yn ei llais. 'What kind of uncivilized dump is this place?'

Dywedodd wrtho'n swta fod Gwion eisoes wedi bod yn cnocio a bod Kyle wedi mynd allan efo fo ers hanner awr, a hithau wedi disgyn 'nôl i gysgu'n braf cyn i Tudur dorri ar draws ei breuddwydio.

Trodd Tudur ar ei sawdl gan geisio dychmygu beth

oedd cynnwys breuddwydion Sylvia. Nid tawelwch heddychlon cefn gwlad oedd ynddynt, byddai'n fodlon betio.

Aeth adre'n drwmgalon i bacio'i gês.

'Be sy?' holodd Eurgain. 'Pwy sy 'di dwyn dy bwdin di? Neu,' ailfeddyliodd gan chwerthin yn gras, 'pwy sy 'di dwyn dy *ffrind* bach newydd di ddyliwn i ddeud?'

★

Am unwaith, roedd Gwion ar dân eisiau i Kyle ei throi hi am adre. Roedd hi'n hanner awr wedi tri y prynhawn a gwyddai, ar ôl clywed ei fam a mam Eurgain a Tudur yn siarad ar y ffôn, fod Eurgain yn mynd i fod yn cychwyn ar ei ffordd i'r gogledd am bedwar o'r gloch. Roedd e'n torri ei fol eisiau mynd allan yn y gobaith o'i gweld hi unwaith cyn iddi fynd o'i fywyd am bythefnos gyfan gron. Gallai esgus mynd i'r siop neu i'r cae chwarae – y naill ffordd neu'r llall, byddai'n rhaid i'r car ei basio ar hyd yr unig ffordd o'r pentref.

Ond roedd Kyle yn dal i chwarae ar y cyfrifiadur yn llofft Gwion. Roedd ei fam newydd ddod â phlatiaid o fisgedi iddynt ac wedi oedi yn y drws cyn dweud:

'Dwi'n falch o dy weld di'n gwneud ffrindiau.'

Roedd Gwion wedi lled-wenu arni, yn gwybod ei bod hi ar ddweud mwy.

'Trueni na fyddet ti'n gallu gwneud ffrindiau yr un mor rhwydd gyda phawb.'

Ar ôl iddi fynd, a heb dynnu ei lygaid oddi ar y sgrin lle roedd e'n lladd êliyns, meddai Kyle:

'It's rude to speak Welsh behind people's backs.'

'We weren't speaking it behind your back.'

'I bet you were saying things about me.'

'No, we weren't,' gwadodd Gwion. Roedd e'n ymwybodol nad oedd hynny'n hollol wir ond doedd e ddim am ymhelaethu.

Aeth at y ffenest i edrych am Eurgain.

'Might play wiv Tudor tomorrow.'

Trodd Gwion ei ben mewn syndod i edrych ar Kyle. Dyma'r tro cyntaf i Kyle ddangos unrhyw anniddigrwydd tuag ato.

'You can't. He's going away. Might have gone already.'

'And his sister too?' holodd Kyle gan wenu'n gam arno. 'She's hot.'

Doedd Gwion erioed wedi clywed neb go iawn yn galw rhywun yn 'hot', heblaw ar y teledu. Roedd e eisiau chwerthin. Rhywbeth fyddai oedolion yn ei ddweud oedd e, nid bachgen deuddeg oed. Ond rhedodd gwayw o genfigen ar yr un pryd i lawr drwy ei fola: fe oedd pia Eurgain, neb arall – neu pia breuddwydio amdani, beth bynnag.

Ni fedrai benderfynu a oedd Kyle yn hoff o Eurgain go iawn neu ai tynnu arno roedd e'n ei wneud ar ôl i Tudur ddweud cyfrinach Gwion wrtho yn y den.

Daeth ei fam i mewn eto a llyncodd Gwion ei boer wrth feddwl amdani'n siarad Cymraeg eto a Kyle yn dehongli hynny fel sarhad personol.

Rhoddodd Mair bobi wydraid o lemonêd ar y ddesg.

'Basiodd teulu Ty'n y Ffordd gynne fach,' meddai ei fam. 'Ar eu ffordd i'r gogledd. Ddim y byddi di'n gweld eu colli nhw.'

Fe wela i golli un ohonyn nhw, Mam fach, meddai Gwion yn ei ben.

'Bydd yn rhaid iddo fe ddysgu Cymraeg,' meddai ei fam wedyn wrth Gwion gan amneidio i gyfeiriad Kyle fel pe bai hi â'i bryd ar achosi tensiwn rhyngddo a'i ffrind. Sylwodd Kyle ddim ar yr amnaid, diolch byth, a gwgodd Gwion arni. Aeth hithau allan heb sylwi.

'See. Talkin' about me behind me back.'

'She wasn't.'

'What did she say then?'

'Told me to clean my room,' meddai Gwion heb lyfu ei weflau.

6

Ar gyrion Caernarfon roedd taid a nain Tudur yn byw. Pan gyrhaeddodd y teulu, cafodd Tudur groeso heb ei ail gan Del. Neidiodd i fyny ar ei choesau ôl a rhoi ei thraed blaen ar ei frest, a gallai Tudur dyngu ei bod hi'n gwenu. Pwysodd ei ben i lawr fel y gallai lyfu ei wyneb. Nid oedd wedi'i gweld ers gwyliau'r Pasg a bu'n poeni damaid bach fod yr amser ers hynny wedi bod yn rhy hir i'r ast fach ei gofio. Diolchodd ei bod hi'n dal i'w nabod: doedd hi ddim fel pe bai hi'n cofio Eurgain i'r un graddau, gan mai Tudur yn unig a ddaethai i fyny adeg y Pasg.

Roedd Nain wedi paratoi swper anferth o 'ginio dydd Sul' arbennig iddyn nhw er mai nos Sadwrn oedd hi, gan fod eu rhieni'n cychwyn yn fore am yr Alban y diwrnod canlynol. Aeth Tudur i'w wely'n hapus braf, wedi anghofio am fodolaeth Llan-hir a Gwion Ty'n y Ffordd a Kyle Fair View. Ymestynnai pythefnos fendigedig o'i flaen a fory byddai'n codi'r ffôn ar Callum a Liam a Deian er mwyn trefnu i'w cyfarfod yn y dref. Prin y gallai Tudur aros i'w gweld.

Y bore canlynol, roedd ei dad a'i fam wedi ffarwelio

ag o a chychwyn am yr Alban cyn iddo godi o'i wely. Roedd Eurgain eisoes ar y ffôn pan ddaeth Tudur i lawr y grisiau yn bwriadu ffonio'i ffrindiau. Doedd Eurgain ddim wedi gweld Efa ers y Nadolig ac roedd cryn dipyn o waith dal i fyny gan y ddwy. Aeth Tudur at Nain i gael ei frecwast gan gadw un glust yn agored am sŵn y ffôn yn cael ei roi i lawr. Am unwaith, prin y blasodd y creision ŷd: fel arfer, byddai creision ŷd Nain yn blasu'n llawer gwell na chreision ŷd adra er mai'r un rhai yn union oedden nhw. Felly hefyd y tost a'r mêl. Ond heddiw, sylwodd Tudur ddim ar y blas gan fod ei holl sylw ar yr alwad ffôn a wnâi i Deian yr eiliad y dôi Eurgain oddi wrtho.

O'r diwedd, clywodd y teclyn yn cael ei roi'n ôl yn ei grud a brysiodd allan i'r cyntedd. Dechreuodd Nain alw arno i orffen ei frecwast yn gyntaf ond roedd Taid wedi dallt:

'Gad lonydd i'r hogyn, tydi o ar dân isho mynd i gwarfod 'i ffrindia.'

Ni fedrai Tudur honni fod yr un brwdfrydedd yn llais Deian ag oedd yn ei lais o'i hun ar y ffôn.

'Fydd Mam isho fi fynd efo hi i ysgol Sul bora 'ma,' dechreuodd. 'A wedyn dwi 'di gaddo helpu Dad i werthu hufen iâ yn y siop.'

Cnodd Tudur ei dafod rhag protestio fod tri mis a hanner ers iddo fo weld Deian ac y gallai o helpu'i dad

yn y siop unrhyw ddiwrnod ond mai dim ond hyn a
hyn oedd gan Tudur i'w dreulio yng Nghaernarfon.
Gwyddai ei fod yn annheg braidd ond roedd o wedi
disgwyl ychydig bach mwy o groeso gan ei ffrind
gorau yn y byd i gyd.

''Swn i'n gallu dod heibio i chdi,' meddai Tudur.
Roedd siop da-da tad Deian ar y Maes, yng nghanol
Caernarfon, a digon hawdd fyddai picio i mewn – a
phrynu hufen iâ efo peth o'r arian poced roedd ei dad
a'i fam wedi'i adael iddo.

'Ia, gna hynny,' meddai Deian gan ychwanegu fod
ei fam yn galw arno i wisgo'i ddillad capel.

Ffoniodd Tudur Callum, a digon llugoer ei groeso
oedd hwnnw wedyn. Pan ofynnodd Tudur iddo ddod
i'w gyfarfod ar ôl cinio, dweud na allai wnaeth Callum:
roedd ganddo wers carate ac roedd angen iddo ymarfer
ar gyfer ei felt glas.

Doedd Tudur ddim yn deall sut oedd mynd i'r
ysgol Sul na gwneud carate yn bwysicach na chyfarfod
â ffrind nad oedden nhw wedi siarad ag o wyneb yn
wyneb ers misoedd lawer.

'Pryd gawn ni gwarfod 'ta?' gofynnodd i Callum.

'Rwbryd fory?' awgrymodd Callum heb swnio fel
pe bai'n poeni llawer pryd y gwelai Tudur.

'Ti'm isho gweld fi neu rwbath?' Methodd Tudur
â dal.

'Yndw siŵr.'

'Ti'm yn swnio fela. Dwi'm 'di dy weld di ers Pasg.'

'Dwi'n siarad efo chdi bob nos ar compiwtar,' dadleuodd Callum.

Daliodd Tudur ei dafod. Roedd o mewn peryg o ffraeo efo Callum ac ni wnâi hynny'r tro o gwbl.

'Be am ar ôl carate? Tua pump o gloch ar y Maes? Gawn ni hufen iâ efo Deian.'

Cytunwyd ar hynny a ffoniodd Tudur Liam. Doedd o bellach ddim yn obeithiol y byddai gan Liam amser ar ei gyfer o chwaith, felly trefnodd iddo yntau ddod erbyn pump hefyd, a phenderfynodd ladd amser efo Del tan hynny.

Rhoddodd Del ar dennyn ac aeth y ddau am dro i'r parc o dan y Clwb Rygbi a 'nôl ar hyd rhai o'r strydoedd cefn heibio i'w hen ysgol a'r tŷ a arferai fod yn gartre iddo. Doedd fawr o hwyliau ar Tudur ar ôl siarad â'i ffrindiau ar y ffôn. Roedd o wedi edrych ymlaen cyhyd am gael dod adre i'w gweld, wedi byw a bod y gwyliau hwn ers wythnosau bwygilydd, a dyma nhw mor ddigyffro – na, mor ddi*groeso* – yn union fel pe baen nhw yn ei weld o bob dydd. Callum a'i garate, Deian a'i ysgol Sul. Beth oedd yn bwysicach na ffrindiau, a ffrindiau sy'n byw ym mhen draw'r wlad a byth yn eich gweld chi ar hynny?

Sylweddolodd Tudur fod Caernarfon wedi symud yn ei blaen hebddo ac roedd hynny'n ei wneud yn drist. Roedd o wedi aros yn ei unfan yn Llan-hir: oedd, roedd ganddo ffrindiau newydd yn ysgol y dref ond doedden nhw ddim yn ffrindiau *go iawn* fel Callum, Liam a Deian. Byddai'n byw er mwyn y gwyliau a'i deithiau i fyny i'r gogledd. Byddai'n treulio'i nosweithiau'n siarad ar y cyfrifiadur â nhw ac roedden nhw i'w gweld yn ei golli yntau. Ond rŵan, gwelai nad oedd hynny'n hollol wir. Gan eu bod nhw'n byw yma, eu cartre nhw, caent gwmni ei gilydd bob dydd ac roedd tair blynedd gyfan gron ers iddo symud. Roedden nhw'n siŵr dduw o fod wedi dechrau gwneud pethau newydd, gwneud ffrindiau newydd hyd yn oed.

Doedd sylweddoli hyn ddim yn hawdd i Tudur. Wrth gerdded ar hyd yr hen strydoedd, sylweddolodd mai ymwelydd oedd o erbyn hyn. Dieithryn.

Daeth Llan-hir yn ôl i'w feddwl a disgynnodd ei galon i'w sgidiau wrth gofio fod Gwion Ty'n y Ffordd yn cael pythefnos gyfan o fantais drosto efo Kyle Fair View. Go brin y byddai gan Kyle Fair View unrhyw awydd yn y byd i fod yn ffrindiau efo Tudur erbyn iddo gyrraedd yn ôl i Lan-hir.

Aeth Tudur 'nôl i dŷ Taid a Nain, gan deimlo'n ddigalon iawn, i aros am bump o'r gloch.

★

Erbyn dydd Mercher, roedd yr hen griw yn ôl fel roedden nhw, fel pe baen nhw wedi bod yn bedwarawd di-dor erioed. Daliai Callum i fynd i'w ymarferion carate ac roedd Deian wedi disgrifio'r hwyl a gâi efo Clwb y Capel yn actio drama nes bod Tudur wedi dweud y byddai'n mynd efo fo i'r ymarfer nesaf. Fyddai o ddim yng Nghaernarfon adeg y perfformiad, gwyddai hynny'n iawn, ond doedd dim o'i le ar fynd i wylio Deian yn gwneud ffŵl ohono fo'i hun ar lwyfan.

Roedd Tudur wedi troedio pob twll a chornel o'r hen dref yn eu cwmni wrth iddyn nhw gerdded y strydoedd a chicio sodlau yn y parc ac ar ben Twthil a lawr wrth yr aber a'r cei. Byddai Deian yn gorfod mynd i helpu ei dad weithiau, awr fan hyn ac awr fan draw, pan fyddai byseidiau o dwristiaid yn glanio wrth ymyl y castell fel haid o wylanod sgrechlyd. Ond, yn amlach na pheidio, âi'r hogiau eraill i'r Maes i aros amdano – a chael esgus i brynu hufen iâ am bris gostyngol gan dad ffeind Deian yn y broses.

Ar y dydd Iau, daliodd y pedwar fws a aeth â nhw i'r traeth yn Ninas Dinlle. Roedd hi'n sbel go lew ers i Tudur fod yn agos i draeth a bu'n rhaid i Nain brynu trôns nofio iddo ar ei ffordd 'nôl o siopa bwyd. Daeth

Taid o hyd i hen fwced glan y môr iddo gario'i dywel a'i drôns nofio ynddo a bu'r pedwar yn ei ddefnyddio i luchio dŵr at ei gilydd a chwarae'n wirion yn y tonnau bach. Claddwyd Liam yn y tywod, gan mai fo oedd y lleiaf ac felly bod angen llai o waith cloddio ar ran y lleill. Lluchiodd Callum ddillad Deian i'r môr a bu'n rhaid iddo fo sleifio ar y bws tu ôl i'r lleill rhag iddo oedi'n ddigon hir i'r gyrrwr weld ei fod o'n wlyb diferol. Gadawodd staen mawr ar ei ôl ar sedd y bws a threuliodd y lleill weddill y diwrnod yn ei herio ei fod o wedi methu dal rhag gwneud pi-pi ar y bws.

Roedd Taid a Nain wedi gofyn iddo gadw dydd Gwener a dydd Sadwrn yn rhydd fel y gallen nhw a fo ac Eurgain fynd i'r Steddfod am y diwrnod, a mynd i fyny'r Wyddfa ar y trên bach y diwrnod canlynol. Doedd Tudur erioed wedi bod, er iddo sôn droeon am y peth.

Ar y dydd Sadwrn, aeth Taid â nhw yn y car i'r orsaf fach yn Llanberis. Bu'n rhaid gadael Del gartre, ond buan iawn yr anghofiodd Tudur amdani ac am ei ffrindiau wrth i'r trên bach ddringo i fyny'r llechwedd serth tuag at y copa. Syllodd ar yr olygfa ogoneddus a thynnodd luniau fel y gallai eu dangos i'w dad a'i fam ar ôl iddyn nhw ddod yn ôl o'r Alban. Go brin fod golygfeydd tebyg i hyn yno. I beth oedd eisiau teithio i ben draw'r byd, a'r llefydd bendigedig hyn gynnon ni'n barod, meddyliodd Tudur, gan adleisio'r hyn y clywodd ei daid yn ei ddweud fwy nag unwaith.

Wrth glywed yr holl acenion dieithr ar y trên, teimlai Tudur mai fo oedd pia'r wlad o'i gwmpas, mai ei 'adra' fo oedd fan hyn, neu fo a'i deulu. Teimlai'n falch o allu rhannu'i gartre â'r ymwelwyr o bob rhan o'r byd, a hoffai gyhoeddi mai ei Wyddfa fo oedd hi. Wedyn, cofiodd yn syth am Lan-hir a sylweddoli mai tirwedd gwastad y fan honno, lle roedd bryniau yn lle mynyddoedd a thir glas yn lle gweundir a rhostir, cloddiau tal yn lle crawiau, a choed mawr praff yn lle cerddin gwargam, oedd 'adra' iddo rŵan. Roedd o'n llawn cymaint o ymwelydd ar lethrau'r Wyddfa â'r ddynes o Siapan a dynnai luniau ei theulu ar y copa a'r pâr oedrannus swnllyd o America a eisteddai tu ôl iddyn nhw yn y caffi.

Ond llwyddodd Nain i leddfu tipyn ar ei hiraeth am ei hen gartre. Wrth glywed llond y caffi o acenion Americanaidd a lleisiau Saesneg, dywedodd Nain wrtho fo ac Eurgain i gofio codi eu lleisiau wrth siarad Cymraeg, fel y gallai'r twristiaid glywed fod yr Wyddfa a'i chriw'n siarad iaith wahanol iddyn nhw.

'Iaith Caernarfon, iaith Llan-hir, iaith Cymru gyfan,' meddai Nain.

'Ddim yr un iaith ydi hi,' meddai Tudur wrth gofio am acen ddieithr Gwion. 'Dwi ddim yn siarad dim byd tebyg i Hwntw.'

'Yr un iaith *ydi* hi,' pwysodd Nain ymlaen ato â difrifoldeb mawr yn ei llygaid. Tybiodd Tudur efallai fod ei fam wedi bod yn rhannu mwy nag y dylai o gyfrinachau bywyd Llan-hir efo'i nain. '*Cofia* di hynny 'ngwash i.'

Aeth Tudur i'w gragen braidd ar hynny am fod Gwion Ty'n y Ffordd wedi bygwth sbwylio pethau iddo ar gopa'r Wyddfa hyd yn oed. Pan awgrymodd Taid ei fod o a Tudur yn cerdded i lawr yn lle mynd ar y trên efo Eurgain a Nain, bachodd Tudur ar y cyfle.

'Bechod na fysan ni wedi dod â Del,' meddai wrth Taid hanner ffordd i lawr y mynydd. Byddai'r ast fach wedi mwynhau neidio o'u blaenau ar hyd y llwybr caregog.

'Ma Del yn mynd yn hen, sti,' meddai Taid yn bwyllog.

''Dach chi hefyd, Taid,' meddai Tudur, 'ond 'dach chi'n cael dim trafferth dod i lawr.'

Chwerthin wnaeth Taid a rhedeg ei law drwy wallt Tudur yn garedig.

★

Erbyn y nos Wener ganlynol, pan oedd eu rhieni i fod i ddychwelyd o'u gwyliau, roedd Tudur wedi dechrau teimlo'r hen gnofa gyfarwydd yn ei stumog wrth wynebu diwedd ei wyliau yn y gogledd a mynd yn ôl am Lan-hir. Gallai dyngu fod Del yn teimlo'r un hiraeth ag o wrth iddo wynebu ei cholli unwaith eto am bedwar mis cyfan, gan ei bod yn gwneud sŵn bach anghysurus yn ei gwddw, ac yn sbio arno drwy lygaid dolurus.

Roedd o eisoes wedi ffarwelio â'i ffrindiau gan na fyddai cyfle i wneud hynny'r diwrnod canlynol. Unwaith eto, roedden nhw wedi addo cadw mewn cysylltiad ac yn llawn fwriadu ymdrechu i ddod i aros ym Maes-y-nant dros y gwyliau hanner tymor. Roedd ei fam wedi awgrymu hynny fwy nag unwaith, ond bod rhywbeth neu'i gilydd wedi torri ar draws y cynlluniau fel bod rhaid gohirio. A rŵan, roedd Tudur yn hanner ofni fod Callum am dynnu'n ôl yn barod gan ei fod o mor awyddus i fwrw ymlaen â'i garate.

'Mi alli di ymarfer yn tŷ ni,' meddai Tudur wrtho y tro olaf i'r pedwar ddod at ei gilydd yn nhŷ Deian. Ond doedd Callum ddim i'w weld yn awyddus iawn i gario'i garate o Gaernarfon.

Roedd Tudur wrthi'n pacio'i ddillad yn barod ar gyfer y bore pan ddaeth Eurgain ato a gofyn os oedd o wedi mwynhau ei wyliau.

'Bendigedig,' atebodd Tudur. 'A chditha?'

'Do,' meddai Eurgain heb fod yn siŵr iawn chwaith.

'Y peth ydi, pan dwi fama, dwi'n gweld colli'n ffrindia yn Llan-hir a dre.'

'Ond pan wyt ti'n Llan-hir, mi wyt ti'n colli dy ffrindia fyny fama,' meddai Tudur gan feddwl ei fod o'n dweud yr hyn roedd Eurgain yn ei feddwl. Byddai'n dda ganddo yntau allu dweud yr un peth, ond yn fama roedd ei ffrindiau o i gyd.

'Na,' dechreuodd Eurgain egluro. 'Dyna'r peth. Dwi ddim yn teimlo hynna ddim mwy, ddim fel o'n i. Yn Llan-hir mae fy ffrindia *go iawn* i rŵan… ffrindia gweld weithia sy'n fama, os ti'n dallt be sgin i. Ffrindia da, ia… ond ffrindia rwyt ti'n fodlon peidio'u gweld nhw bob dydd.' Cododd ei hysgwyddau cyn ychwanegu'n ysgafn, 'Maen nhw a finna wedi newid, debyg, wedi symud ymlaen. Fedra i'm aros i fynd adra a gweld y giang.'

Rhythodd Tudur arni, yn methu deall.

'Mae pythefnos yn rhy hir,' meddai Eurgain wedyn. 'Tro nesa, fydda i ddim yn aros ond am ychydig ddyddia.'

'Paid â disgwyl i fi neud yr un fath,' meddai Tudur, a oedd eisoes wedi bod yn cynllunio yn ei ben beth fyddai o a'r tri arall yn ei wneud dros wyliau'r Nadolig.

'Rhaid i chdi adael fynd,' meddai Eurgain. 'Ddim fama rydan ni'n byw rŵan.'

'Iawn i chdi!' saethodd Tudur yn ôl ati. 'Mae gin ti ddigonadd o ffrindia yn Llan-hir a dre.'

'Mi fysa gin titha tasa chdi'n trio'n galetach,' meddai Eurgain. 'Be am yr hogyn newydd 'na? Yr un annifyr ddaeth i'r Aelwyd.'

'Kyle,' meddai Tudur. 'A tydi o ddim yn annifyr.' Roedd yn gas ganddo glywed ei chwaer yn cymryd yr un agwedd ag a wnaethai Sam: roedd pawb oedd yn wahanol yn annifyr yn eu llygaid nhw. 'Mae o'n mynd yn ei ôl ddiwedd y gwylia.'

'Dwi rioed 'di dallt pam nad wyt ti'n gyrru mlaen efo Gwion.'

''Dan ni'n wahanol, 'na'r oll,' meddai Tudur cyn sylweddoli mai dyna'n union yr agwedd roedd o newydd ei ddilorni yn Eurgain. Ond roedd Gwion yn wahanol mewn ffordd wahanol, ddim fel Kyle, oedd yn dallt pob dim ac yn gymaint mwy *cŵl* na Gwion. Roedd Sam a'r Urdd mor hen ffasiwn, a Gwion hefyd tasa hwnnw ond yn sylweddoli hynny, ac roedd Kyle yn wahanol, yn gwmni gwell.

'Tasan ni gyd yr un fath,' meddai Eurgain, 'mi fysa'n ddiflas tu hwnt.'

'Tydi pawb ddim mor wahanol â Gwion.'

'Mond am ei fod o'n dod o Tymbl.'

'Naci!' gwadodd Tudur.

'Un da wyt ti am gyhuddo *Sam* o hiliaeth,'

dechreuodd Eurgain droi arno go iawn. 'Ddylsa chdi edrach arna chdi dy hun gynta. Na, ma'n *waeth* na hiliaeth,' ychwanegodd. 'Ti'n troi ar rywun sy'n siarad yr un iaith â chdi *mond* am ei fod o ddim yn 'i siarad hi yr un *fath* â chdi.'

'Mae o'n ffansïo chdi,' saethodd Tudur ati'n llawn gwenwyn am na wyddai sut arall i'w chlwyfo. 'Ha ha! Ma Gwion Ty'n y Ffordd yn ffansïo chdi.'

Aeth Eurgain yn dawel a martsiodd Tudur allan o'r ystafell gan ei gadael i synfyfyrio, yn bendant iddo ennill y ffrae fach yna.

7

Yn Nhy'n y Ffordd roedd Mair, mam Gwion, wedi ceisio ymyrryd ym mywyd cymdeithasol ei mab drwy aildrefnu'r ychydig ddyddiau roedd y teulu'n mynd i'w treulio yn y Tymbl gyda'i chyfnither i gydredeg ag absenoldeb teulu Maes-y-nant o Lan-hir. Hynny yw, sicrhaodd ei fam na châi Gwion bythefnos ddi-dor yng nghwmni Kyle.

Doedd dim asgwrn gelyniaethus yng nghorff Mair ac yn sicr doedd ganddi hi ddim gwrthwynebiad i'w mab gyfeillachu â phlentyn a siaradai iaith arall. Na, doedd dim ots gan Mair fod ei mab bach deuddeg oed yn treulio'i wyliau haf yng nghwmni Sais bach gwrth-Gymreig o ganol Llundain. Doedd dim drwg yn Kyle ar y cyfan, er y gallai fod ychydig yn fwy cwrtais wrth bobl a dysgu peidio'i lordio hi fel pe bai e'n gwybod y cyfan am ddiwylliant a iaith pobl eraill. Po fwyaf o amser a dreuliai plentyn felly yng nghwmni ei mab, mwyaf oll o debygrwydd y dôi, yn y diwedd, i ddiosg y rhagfarnau yn erbyn y Gymraeg a diwylliant y pentref, a dysgu ambell air neu frawddeg, efallai. Roedd gan Mair ddigon o ffydd yn ei gallu hi a'i thylwyth i ddylanwadu er gwell ar yr anwybodus fel nad oedd hi'n amau nad lles a ddôi o'r berthynas rhwng Kyle a Gwion.

Ond roedd Mair hefyd wedi cael llond bol ar yr elyniaeth a dyfasai rhwng Gwion a Tudur dros y blynyddoedd. Gyda Ffion, mam Tudur, bu'n cynllunio ffordd o gael eu meibion yn agosach at ei gilydd. Dros yr wythnosau diwethaf bu'r ddwy'n gweithio'n dawel bach gan na chaent faddeuant gan yr un o'u meibion pe deuent i wybod am eu cynllun. Bu'r ddwy'n siarad gyda Sam ynglŷn â'r posibilrwydd o gael y ddau i gydweithio ar brosiect – cystadleuaeth yr ymgom – a syniad Ffion oedd creu dau gymeriad fyddai'n cyfnewid acenion. Yn wir, cywaith rhwng y ddwy oedd y sgript a doedd Sam ddim i ddatgelu hynny i'r un o'r ddau ar boen ei fywyd.

I'r fan honno roedd y cynllun wedi cyrraedd pan chwalodd yn rhacs wrth i'r ddau wrthod cymryd rhan yn yr ymgom ac, yn waeth na hynny, wrthod mynd i'r Aelwyd, gan gyhuddo Sam – o bawb! – o ragfarnu yn erbyn Kyle.

Felly, wrth aildrefnu'r gwyliau yn y Tymbl i gyd-daro'n rhannol â gwyliau teulu Maes-y-nant yng Nghaernarfon, bwriad Mair oedd creu cae chwarae ychydig yn fwy gwastad rhwng Gwion a Tudur. Ar ddechrau gwyliau'r haf, gallai weld y gystadleuaeth rhyngddyn nhw am gyfeillgarwch Kyle yn glir: roedd hi wedi'i gweld o'r cychwyn cyntaf ac wedi tynnu sylw Ffion ati. Gwelodd Gwion yn dychwelyd i'r tŷ â'i galon yn ei esgidiau ddeng munud ar ôl iddo adael am ben draw'r pentref lle roedd Kyle yn byw, a doedd dim angen iddi gadarnhau gyda Ffion mai gyda Kyle y byddai Tudur pan ddôi Gwion adre felly. Ceisiodd wasgu arno i fynd i chwarae efo'r ddau fachgen, fel y byddai pawb call yn ei wneud, ond gwrthod a wnâi bob tro. Felly'n union roedd Tudur, meddai Ffion wrthi, yn methu'n lân â rhannu'r bachgen newydd. Gwelent hefyd sut roedd y bachgen newydd yn ffynnu ar y sylw a'r gystadleuaeth rhwng y ddau.

'Ond wythnos *ar ôl* nesa ni fod i fynd,' protestiodd Gwion pan ddywedodd ei fam wrtho y bydden nhw'n cychwyn am y Tymbl ymhen deuddydd.

'Gweld shwt ele pethe wedon ni, a mynd pan nad oedd dim byd arall mla'n. A do's dim byd arall mla'n penwythnos 'ma, wedyn awn ni.'

'O's, wy'n whare 'da Kyle. Newydd ddod i nabod e ydw i. Sai moyn 'i adel e nawr.'

'Bydd Kyle 'ma pan ddown ni 'nôl,' meddai Mair.

'Gwaetha'r modd,' ebychodd tad Gwion dan ei wynt a rhoddodd Mair bwniad iddo rhag i Gwion glywed.

Roedd tad Gwion, Wil, yn dal yn grac ynglŷn â'r

ffordd roedd Kyle wedi trin Sam yn yr Aelwyd a'r ffaith fod Gwion a Tudur wedi gwrthod dal ati gyda'r ymgom. Roedd Mair wedi llwyddo i'w argyhoeddi na ddôi lles o bwdu gyda Gwion. Rhaid fyddai defnyddio dulliau mwy cyfrwys o gael y maen i'r wal.

Felly, troi am y Tymbl a wnaethant, a gadawyd Kyle i gicio'i sodlau ar ei ben ei hun am ychydig ddyddiau nes y daeth Gwion yn ei ôl, yn fwy na pharod am gêm o bêl-droed yn y cae chwarae a thro bach ar hyd llwybr yr afon at y den yn y coed.

Ar y ffordd yn ôl o'r coed roedd Gwion a Kyle pan basiodd car yn llawn o deulu Tudur a Thudur ei hun, gan fygwth sbwylio gweddill y gwyliau i Gwion yn rhacs.

'He's back,' meddai Kyle, heb ryw lawer o arddeliad. Ond gwyddai Gwion na fyddai pethau yr un fath dros weddill gwyliau'r haf.

Yn y car, gwelodd Tudur y ddau'n cerdded ar hyd y pafin, a'r mwd ar eu trowsusau a'u hesgidiau yn dangos yn glir iddyn nhw fod yn chwarae yn y den yn y coed – y den y bu *o*'n ei hadeiladu efo Kyle (a fo'n gwneud y gwaith i gyd am fod adeiladu den yn weithgaredd newydd i Kyle). Syllodd mewn cenfigen pur ar Gwion yn cilwenu ar ochr y ffordd, yn falch o'r bythefnos o fantais oedd ganddo dros Tudur, pythefnos yn fwy o gwmni Kyle mewn gwyliau haf a oedd yn llawer rhy fyr.

cario'i gês yntau. Taflodd gipolwg sydyn, digon i nodi mai Gwion oedd yno, cyn troi ei ben yn ôl ac anelu i mewn i'r tŷ. Bu hynny'n ddigon i dynnu sylw Eurgain oddi ar Gwion, a throdd hithau i ddilyn ei brawd.

'Ti'n dod i mewn, Gwion?' galwodd Ffion ar ei ôl yn garedig wrth ei weld yn sefyll ar ben y lôn.

Ysgydwodd Gwion ei ben i wrthod a chyflymu ei gamre.

Y funud nesaf roedd Kyle wrth ddrws Maes-y-nant, yn holi Tudur a oedd o isho mynd allan i chwarae. Yn ffwndrus, atebodd Ffion ei bod hi braidd yn hwyr, ond roedd Tudur eisoes hanner ffordd allan drwy'r drws. Gwaeddodd Ffion ar ei ôl i beidio â bod yn hir, gan fod angen iddo ddadbacio a chael swper mewn dim o dro... ond roedd Tudur wedi mynd.

O ben yr hewl drwy Lan-hir, gwyliodd Gwion wrth i Tudur a Kyle groesi'r gamfa tuag at lwybr yr afon a'r den yn y coed, a throdd am adre yn ddigalon.

★

Pan agorodd y drws ffrynt, gallai Gwion glywed lleisiau'n dod o'r gegin. Adnabyddodd lais ei fam a'i dad, ond roedd y trydydd llais yn ddieithr am eiliad. Agorodd ddrws y cyntedd a daeth y lleisiau'n gliriach:

Ond i Gwion, roedd hi'n amlwg wrth ei 'he's back' nad oedd Kyle wedi anghofio am Tudur.

Ffarweliodd Gwion â Kyle am fod ei fam wedi'i siarsio i fod gartre'n brydlon erbyn chwech i gael ei swper. Rhedodd i gyfeiriad Ty'n y Ffordd gan geisio peidio troi ei ben i gyfeiriad Maes-y-nant wrth iddo basio'r lôn fach a anelai i'r stad.

Ond roedd hynny'n amhosib ag Eurgain wedi camu allan o'r car ac yn tynnu ei chês o'r cefn. Câi ei lygaid eu denu ati fel pe baen nhw ar fagned.

Bu'r bythefnos ddiwethaf yn ofnadwy o hawdd heb Tudur, ac yn ofnadwy o anodd heb Eurgain. Ysai Gwion am ei gweld hi, ac i raddau bu'n rhaid iddo ymroi'n fwy brwd fyth i gadarnhau ei gyfeillgarwch â Kyle trwy dreulio ei amser yn ei gwmni er mwyn anghofio ei hiraeth am Eurgain. Arafodd ei gamau wrth basio troad Maes-y-nant, a gwyliodd hi'n cerdded i gyfeiriad y tŷ â'i gwallt yn chwifio tu cefn iddi. Arafodd eto gan ddyheu am iddi droi ei phen ddigon iddo allu gweld ei hwyneb.

Atebwyd ei weddi gan iddi droi a syllu'n syth tuag ato, fel pe bai hi wedi ei glywed yn deisyfu iddi wneud hynny. Syllodd arno a theimlodd yntau ei hun yn gwrido'n ddyfnach nag y gwnaethai erioed. Wnaeth hi ddim gwenu, a wnaeth yntau ddim chwaith yn ei syndod o'i gweld yn edrych arno. A'r eiliad nesaf roedd Tudur wedi dod o gefn y car yn

Sam oedd y llall, ac roedd y tri ar ganol trafodaeth ddwys amdano fe a Tudur.

'Gweld hi'n drueni nag yw'r ddau'n dal ati,' meddai Sam. 'Ddyle talent fel yna ddim cael ei gwastraffu.'

Aeth Gwion i mewn, gan lawn fwriadu protestio eu bod nhw'n siarad yn ei gefn. Ond roedd gweld ei fam a'i dad yn eistedd o bobtu bwrdd y gegin a Sam yn y canol rhyngddyn nhw yn codi ofn arno: roedd rhyw ffurfioldeb annisgwyl yn perthyn i'r olygfa ac roedd e eisoes yn amau fod yna fwy i bethau na dim ond galw i ofyn iddyn nhw ailgychwyn ar yr ymgom.

'Iste,' meddai'i dad wrtho.

Gwnaeth Gwion hynny â'i galon yn ei wddf.

'Mae dy ffrind bach newydd di wedi bod yn gweud pethe mowr,' meddai'i dad, yn amlwg yn ymdrechu'n lew i gadw caead ar ei dymer. 'A ma'i rieni fe wedi bod yn gweud pethe mwy,' ychwanegodd.

'Wil,' meddai'i fam yn rhybuddiol. 'Ddim ar Gwion ma'r bai am hynny.'

'Nage wir,' meddai Sam. 'Do's dim bai ar Gwion na Tudur.'

Doedd gan Gwion ddim syniad am beth roedden nhw'n sôn. Eglurodd Sam y cyfan yn bwyllog wrth Gwion.

Roedd Sylvia a beth bynnag oedd enw tad Kyle wedi dwyn cwyn yn erbyn Sam am ddweud wrth

Kyle mai drwy gyfrwng y Gymraeg y byddai'r Aelwyd yn cael ei chynnal. Eisoes, roedden nhw wedi bod at yr heddlu'n ceisio rhoi eu dadl gerbron, ac er na chawsant fawr o glust yn y fan honno unwaith y deallodd y sarjant y ffeithiau i gyd, roedden nhw wedi llwyddo i ddenu'r papur lleol i lunio erthygl – unochrog tu hwnt – yn disgrifio'r cam a ddioddefodd eu mab dan law eithafwyr hiliol.

Estynnodd ei dad y papur iddo gael gweld yr erthygl, ac roedd rhaid i Gwion gyfaddef fod celwydd ar ben celwydd yn cael ei ddweud ynddi. Sam oedd yn ei chael hi'n bennaf, ac adroddai stori gwbl gelwyddog ynglŷn â sut y cafodd Kyle ei wahardd rhag dod i'r Aelwyd am nad oedd e'n gallu siarad Cymraeg.

'Cyhuddiadau cwbwl ddi-sail,' bytheiriodd ei dad. 'Iaith fawr yn bwlio iaith fach ac yn cyhuddo siaradwyr yr iaith *fach* o ragfarn!'

Sylwodd Gwion fod ei ddwylo'n crynu: doedd e erioed wedi gweld ei dad mor grac o'r blaen. Roedd Sam yn llawer tawelach.

'Nage bai Kyle yw e,' meddai Gwion. 'All e ddim help.'

'Ti'n iawn, fachgen,' meddai Sam. 'Yn llygad dy le. Ddim yn dyall maen nhw, ddim 'u bai nhw yw hynny.'

'Sai'n gwbod wir,' meddai ei dad wrth Gwion. 'Paid â *dechre* llyncu'u nonsens nhw.'

''Yn ffrind i yw e, 'na i gyd,' meddai Gwion gan deimlo'n dipyn mwy dewr.

'A sdim byd yn bod ar 'ny,' meddai Sam. 'Dwi'n mynd i roi gwahoddiad ffurfiol iddo fe i'r Aelwyd. Wnei di ofyn iddo fe? Dwed wrtho fe 'mod i'n rhoi gwahoddiad arbennig iddo fe ddod aton ni. Gyda bach o lwc, fe welith e wedyn drosto fe'i hunan nad eithafwyr ydyn ni, dim ond pobol yn siarad yr iaith gawson ni'n magu ynddi, a'n bod ni i gyd yr un fath dan y cro'n.'

'Whare teg i ti, Sam,' meddai mam Gwion. Edrychodd ar Gwion i weld beth oedd ei ymateb. Daliodd yntau yr olwg yn llygaid ei fam. Gwyddai ei bod hi'n cofio'n iawn iddo fe, Gwion ei hun, gyhuddo Sam o fod yn hiliol bythefnos ynghynt.

'Iawn,' meddai Gwion. 'Weda i wrtho fe.' Daliodd wên fechan o gymeradwyaeth ar wyneb ei fam.

'Bydd raid i ni wynebu mwy o hyn, yn ôl fel o'n i'n dyall,' meddai ei fam wedyn wrth Sam. 'Maen nhw'n bwriadu aros 'ma.'

'Pobol Fair View?' holodd ei dad. 'Grêt! 'Na i gyd ni angen.'

Aeth Gwion lan stâr i lyncu'r newyddion – ac i addunedu mai fe fyddai'n ennill y rhyfel am gyfeillgarwch Kyle, nid Tudur Maes-y-nant.

8

Ddeufis yn ddiweddarach, roedd teulu Fair View wedi mwy na gadael eu marc ar Lan-hir.

Bellach, roedd Mair Ty'n y Ffordd yn ymwybodol iawn mai achos y poen yn ei gên oedd ei bod hi'n crensian ei dannedd drwy'r nos yn ei chwsg oherwydd ei bod yn teimlo mor rhwystredig bob awr o'r dydd.

Roedd Wil ei gŵr yr un mor rhwystredig â hithau, ond ei fod e'n gorfod dioddef y boen ychwanegol o gael ei gadw'n effro bob nos gan sŵn ei wraig yn crensian ei dannedd.

Llwyddai Ffion Maes-y-nant a Rhodri ei gŵr i gysgu bob nos heb ddeffro unwaith. Eurgain gâi ei chadw'n effro ym Maes-y-nant gan ei mam yn siarad yn ei chwsg –

'Deud wrtho fo, Rhodri!'

'Pam oedd raid iddyn nhw ddŵad i fama?'

'It's *you* who's racist!'

'Don't you dare shout at me!'

Gwyddai Eurgain mai breuddwydio, neu gael hunllefau, am yr un bobl oedd ei mam bob nos.

Ni châi Rhodri ei blagio gan y pethau a boenai ei wraig a Wil a Mair Ty'n y Ffordd. Fyddai o ddim yn cael ei gadw'n effro nac yn breuddwydio am deulu Fair View fel ei wraig a llawer o drigolion eraill Llan-hir. Cythgam o gysgwr da oedd Rhodri Maes-y-nant wedi bod erioed.

Y drafferth oedd bod teulu Fair View wedi penderfynu aros yn Fair View. Roedd y gŵr, beth bynnag oedd ei enw, wedi cymryd ymddeoliad cynnar er mwyn bwrw gwreiddiau yng ngorllewin Cymru, a lle'n well na phentref Llan-hir?

Doedd y Fairchilds – dyna'u cyfenw – erioed wedi byw mewn pentref cyn hyn. I'r Fairchilds, roedd byw mewn pentref yn gyfle i ddangos eu goruchafiaeth dros bob agwedd ar fywyd y pentref hwnnw. Lle na fyddai llawer o deuluoedd sy'n mewnfudo o Loegr i gefn gwlad Cymru'n cyfrannu fawr ddim at fywyd y gymuned, ymdaflodd y Fairchilds i fywyd y gymuned i'r fath raddau fel bod pawb arall yn y pentref yn argyhoeddedig eu bod am wneud *takeover bid* am y lle yn ei gyfanrwydd. Doedd dim cyfaddawdu i fod: nhw oedd yn gwybod ac yn gwneud, a lle pawb arall oedd dilyn.

'Maen nhw'n gwybod y dam lot,' meddai Mair wrth Ffion ar ddiwedd cyfarfod neuadd a alwyd ar fyrder i drefnu apêl codi arian i drwsio'r to. 'Wa'th i ni gyd fynd gatre nawr.'

Roedd Mr Fairchild wedi codi ar ei draed i ddweud mai cwmni roedd e wedi ymwneud ag e yn Llundain fyddai'n trwsio'r to am mai'r rheini oedd y gorau y daethai ar eu traws am wneud gwaith o'r fath. Doedd y ffaith mai banciwr oedd Mr Fairchild, nid adeiladwr, yn mennu dim ar ei allu i gyhoeddi yn hyderus ei fod e'n gwybod beth oedd angen ei wneud ar y to, a'i fod yn nabod yr union gwmni ar gyfer y gwaith, ac nid yn unig hynny ond ei fod e eisoes 'ar y cês', gan ei fod wedi manteisio ar y cyfle i ffonio'r cwmni y diwrnod cynt i ddweud wrthyn nhw am ddod i wneud y gwaith.

Roedd Cadeirydd Pwyllgor y Neuadd wedi gofyn ar ddechrau'r cyfarfod a oedd rhywun yn bresennol na ddeallai Gymraeg gan mai yn Gymraeg yr arferid cynnal cyfarfodydd Pwyllgor y Neuadd ac, os oedd, y gallen nhw eistedd gyda Mair yn y tu blaen, fel y gallai gyfieithu ar y pryd iddyn nhw.

'We won't bother with all that,' meddai Mr Fairchild fel bollt. 'We all understand English here.' A hwnnw fu'r cyfarfod Saesneg cyntaf o Bwyllgor Neuadd Llan-hir.

Mynychodd Mrs Fairchild, Sylvia, gyfarfod o Ferched y Wawr rai nosweithiau wedyn a digwyddodd yr un peth yn y fan honno. Roedd mwy o asgwrn cefn yn perthyn i gadeiryddes y cyfarfod hwnnw, Mrs Huws, cyn-brifathrawes Ysgol Llan-hir, dynes yn ei hwythdegau hwyr, a dywedodd yn blwmp ac yn blaen wrth Mrs Fairchild mai yn Gymraeg y byddai'r cyfarfod yn cael ei gynnal. Pwdodd Sylvia drwy'r cyfarfod a chodi ar y diwedd i gyhoeddi y byddai'n siŵr o ddod ag achos o wahaniaethu ar sail hil yn erbyn y gangen a'r mudiad oherwydd eu hanghwrteisi yn meiddio siarad iaith na allai hi mo'i deall. Dadleuodd Mrs Huws, a oedd yn dipyn o ddraig ei hun, mai Cymraeg oedd y mudiad wedi bod yn draddodiadol ac os nad oedd hynny at ei dant, problem Mrs Fairchild oedd honno, nid problem Mrs Huws na Merched y Wawr.

Ond y broblem go iawn yng nghangen Llan-hir o Ferched y Wawr oedd nad oedd yr un asgwrn cefn yn perthyn i bob un o'r aelodau, ac erbyn y cyfarfod nesaf roedd bron hanner yr aelodau'n absennol, wedi'u taro gan afiechyd heintus, a'i brif symptom oedd gorbryder y byddent yn cael eu tynnu i mewn i ryw annifyrrwch diangen. Roedd yr iaith yn iawn cyhyd â bod neb yn tynnu sylw ati.

Wedyn, roedd Ysgol Llan-hir, ysgol fach a wynebai sawl her yn barod o du'r Cyngor Sir, wedi derbyn tri disgybl newydd ar ddechrau'r tymor: dwy chwaer ac un brawd bach i Kyle a oedd, wrth gwrs, yn ddisgybl yn ysgol y dref bellach. Doedd gan yr un o'r tri bach air o Gymraeg, ond doedd hynny ddim yn mynd i fod yn broblem i'r brifathrawes nac i'r athrawon gan y gwyddent mor gyflym oedd plant bach yn dysgu ail iaith ac yn cymhathu. Gwyddent mai drwy eu trochi mewn môr o Gymreigrwydd y dysgai'r plant bach orau, ac na wnâi hynny ddim byd ond lles iddynt. Onid oedd yr un peth yn digwydd bron bob blwyddyn? Ac erbyn i'r amser ddod i'r plant hynny ddod yn ddigon hen i fynd i ysgol y dref, bydden nhw i gyd, pob un wan jac, yn Gymry bach rhugl. Doedd dim i awgrymu na allai Tommy, Emily a Bree wneud yr un peth.

Ond gwnaethai Mr a Mrs Fairchild yn siŵr nad anghofiai ysgol fach Llan-hir ddyfodiad eu plant i'r ysgol.

Ar y bore cyntaf, aeth y ddau i mewn i ystafell y brifathrawes, a oedd yn ei chanol hi'n croesawu newydd-ddyfodiad bach arall i'r dosbarth babanod, a mynnu ei bod hi'n gwrando arnyn nhw. Doedden nhw ddim wedi gwneud unrhyw drefniant ar gyfer y tymor newydd gan mai newydd benderfynu aros yn Fair View roedden nhw. O ran hynny, er iddi glywed ambell si o blith y pentrefwyr, doedd y brifathrawes ddim wedi cael clywed yn swyddogol eu bod nhw'n bwriadu i'w plant ddod i Ysgol Llan-hir. Erbyn diwedd y cyfarfod cyntaf hwnnw, roedd y brifathrawes yn ysu am iddyn nhw newid eu meddyliau a mynd â'r plant i ysgol Saesneg y dref am eu haddysg. Roedd yn amlwg o'r bore cyntaf na ddôi dim byd ond trafferth o du teulu Fair View.

Dechreuodd pethau drwy i Mr Fairchild ddatgan

nad oedd e eisiau i'w blant ddysgu gair o Gymraeg. Eglurodd y brifathrawes wrtho'n bwyllog nad oedd hynny'n bosib, gan mai Cymraeg oedd cyfrwng addysg yr ysgol. Doedd hynny ddim yn ddigon da, honnodd Mr Fairchild. Awgrymodd y brifathrawes yn amyneddgar y dylai fynd i ddweud hynny wrth y Cyngor Sir felly, ond mai dyna fel oedd hi yn Ysgol Llan-hir ac, fel roedd hi'n digwydd, yn y mwyafrif llethol o ysgolion y sir. Gwahoddodd nhw i fynd â'u plant i ysgol Saesneg, ac os do fe, fe ddechreuodd y Fairchilds hefru ei bod hithau, nawr, yn hiliol hefyd, ac os oedden nhw am i'w plant gael addysg yn eu hiaith eu hunain yn eu pentref eu hunain, yna fe ddylen nhw gael hynny'n ddigwestiwn.

Yn y diwedd gadawodd y Fairchilds y plant yn yr ysgol am y tro tra bydden nhw'n mynd ati i lythyru â'r sir ac â'u haelodau seneddol a chynulliad a'r wasg a'r awdurdodau eraill oll i gwyno am yr anghyfiawnder roedden nhw'n ei ddioddef yn eu gwlad eu hunain. Ac er eu bod nhw'n blant bach bendigedig yn eu ffyrdd eu hunain, roedd Tommy ac Emily a Bree wedi clywed gormod o wenwyn eu rhieni yn Fair View i fodloni ar geisio setlo yn Ysgol Llan-hir. Llwyddodd y tri i droi iaith y buarth o Gymraeg i Saesneg – uchel, swnllyd – mewn dim o dro. Ac er gwaethaf cerydd aml i riant wrth glywed eu plant yn dechrau siarad Saesneg gartre, roedden nhw wedi dod dan ddylanwad

Tommy ac Emily a Bree a'u ffyrdd Llundeinig i'r fath raddau fel na allen nhw atal eu tafodau rhag parhau i ddweud ambell air, ambell gymal, ambell frawddeg wrth ei gilydd yn Saesneg, hyd yn oed ar ôl dod adre o'r ysgol.

Bu bron i Mair gael haint pan glywodd hi Enid yn gofyn i Elan, wrth chwarae tŷ bach twt, basio'r *cheese* a'r *apple* a'r *potatoes* iddi gael gwneud cawl (cawl go ryfedd, ond dewis cyfyngedig o lysiau plastig oedd gan yr efeilliaid bach ar ôl i Gwion gladdu'r lleill yn yr ardd pan oedd e'n fach i weld a dyfai moron a phys a bocsys o greision ŷd).

'Y *beth*?' ffrwydrodd Mair. 'Caws ac afal a thatws wyt ti'n feddwl!'

'O ie,' meddai Enid. 'Ond yn Susneg ry'n ni'n whare gyda Bree yn yr ysgol.'

Gan ffrwyno'r dymer oedd yn corddi tu mewn iddi, dywedodd Mair wrth ei hefeilliaid bach drwy ddannedd caeedig mai eu lle nhw oedd dysgu Cymraeg i Bree, a sylwodd Elan ac Enid fod eu mam yn siarad yn rhyfedd, gymaint oedd ei hymdrech i beidio â ffrwydro. Gorfu iddi lyncu dwy barasetamol i gael gwared ar y pen tost oedd yn bygwth ei llorio.

Mewn cwta ddeufis, roedd iaith yr ysgol, Pwyllgor y Neuadd, y clwb ieuenctid, y dafarn, y siop, y pwyllgor rhieni ac athrawon, cymdeithas y pentref, ac yn wir yr ysgol Sul, wedi troi i fod yn Saesneg yn bennaf dan ddylanwad hollbresennol y Fairchilds. Ac roedd cangen Merched y Wawr y pentref bron iawn ar ei gliniau oherwydd y gwrthdaro mewnol a holltai'r aelodau.

Derbyniodd Kyle wahoddiad caredig Sam yn syth a daeth i'r Aelwyd. Gwnaeth yn siŵr ei fod e'n siarad Saesneg â phawb ac yn gwneud hynny'n eglur yn ei ffordd swnllyd ei hun. Roedd e, wrth gwrs, yn gwneud ati i siarad mwy a chymdeithasu gyda mwy o aelodau eraill nag oedd raid iddo am ei fod wedi llyncu gwenwyn ei rieni, gan wneud pwynt o rwystro'r Aelwyd rhag cael ei chynnal yn Gymraeg. Gwnâi gymaint o niwsans ohono'i hunan fel bod Sam yn gorfod gofyn iddo dro ar ôl tro ym mhob cyfarfod i beidio â rhegi, peidio taflu dartiau at y wal, peidio peryglu'r cwsh ar y bwrdd snwcer drwy grafu'r ciw ar hyd-ddo'n fwriadol, peidio gweiddi ar draws yr ymarferion a phob math arall o 'beidio'. A bob tro, byddai'n rhaid i Sam droi i'r Saesneg er mwyn iddo ddeall.

Loes i Sam – ac i Ffion a Mair pan ddeallon nhw – oedd bod Gwion a Tudur yr un mor swnllyd Seisnig â Kyle, ac yn hudo eraill i fod yr un fath. Doedd yr un o'r ddau'n gwneud fawr ddim â'i gilydd, mae'n wir, ond roedden nhw yno o bobtu i Kyle yn ategu pob dim a ddywedai hwnnw, a'r un mor barod i gyhuddo eraill o hiliaeth am wneud dim mwy na siarad Cymraeg yng ngŵydd Kyle, fel pe bai hwnnw mewn perygl o ddisgyn yn farw pe bai'n clywed sillaf o Gymraeg. Dechreuodd Gwion a Tudur wrthod gwrando ar Sam pan geisiai ddwyn trefn ar bawb, a'r diwedd fu i Sam golli ei dymer. Ni fyddai wedi bod yn syndod yn y byd pe bai unrhyw feidrolyn arall wedi colli ei dymer gyda'r tri bachgen, ond roedd gan Sam amynedd diarhebol â phlant a phobl ifanc, ac roedd ei weld yn colli ei dymer yn ddigwyddiad cwbl unigryw.

'Why should I?' meddai Tudur wrtho'n wyneb i gyd pan ofynnodd Sam iddo godi'r papur da-da roedd o wedi'i ollwng ar lawr wrth ei draed. Safai Kyle drws nesaf iddo a gwyddai Sam mewn gwaed oer mai dyna'r unig reswm pam oedd Tudur wedi dangos y fath haerllugrwydd tuag ato, ond doedd gwaed Sam ddim yn oer yr eiliad honno. Roedd o eisoes wedi gorfod dweud wrth y tri, a hanner dwsin o ferched a oedd yn amlwg yn ystyried Kyle yn cŵl a Tudur a Gwion ychydig bach yn llai diflas o fod yn ei gwmni, beidio eistedd ar ben y bwrdd snwcer, ac wedi clirio'r llanast a wnaethai rhywun drwy adael i dapiau'r tai bach or-redeg ar ôl blocio'r tyllau plygiau, ac wedi cnoi ei dafod rhag cyhuddo Kyle mai fe wnaeth rhag ofn gwneud cam â'r crwt, er ei bod hi'n glir fel y glasaid mawr o jin roedd e'n addo iddo fe'i hun ar ôl cyrraedd adre mai dyna ddigwyddodd.

'Siarada Gymrâg, y cythrel bach!' gwaeddodd Sam ar Tudur gan fethu dal eiliad yn rhagor.

'You can't threaten him,' gwaeddodd Kyle arno gan sefyll reit o'i flaen. Rhoddodd Sam hwth bach iddo o'i ffordd er mwyn parhau i siarad efo Tudur: roedd e'n bell o orffen ei bregeth.

Ar hynny, daeth Kyle yn ôl o'i flaen a gweiddi yn ei wyneb:

'You pushed me! You don't push me!'

Roedd ei drwyn bron yn cyffwrdd â gên Sam. Gallai Sam fod wedi gafael ynddo gerfydd ei fraich a'i fartsio allan o'r neuadd, ond wnaeth e ddim. Gadawodd i Kyle boeri sarhad yn ei wyneb gan wybod nad oedd dim byd y gallai e ei wneud am y peth.

Syllodd Gwion Ty'n y Ffordd a Tudur Maes-y-nant ar eu ffrind yn sgwario o flaen Sam, prin yn credu eu llygaid.

'Idiyts!' daeth llais Eurgain o'r tu ôl iddyn nhw. 'Arnoch chi'ch dau ma'r bai am hyn i gyd. Mae o'n meddwl fedar o neud hynna am bo chi'ch dau'n gadal iddo fo, ac yn ffrindia hefo fo, a sbïwch be mae o'n neud i Sam.'

Trodd Gwion i edrych arni. Roedd hi wedi gwylltio'n lân, a theimlodd gywilydd am y tro cyntaf ers amser hir. Gwyddai fod rhywfaint o wir yn ei geiriau.

Yna, roedd Kyle yn martsio allan o'r neuadd a Sam yn cau ei lygaid yn dynn wrth sylweddoli ei fod wedi pechu'r Fairchilds unwaith eto, ac na fyddai diwedd i'w llid a'u dial posib arno fe'n bersonol ac ar yr Aelwyd yn gyffredinol.

Trodd at Tudur a Gwion.

'Chi ishe mynd gydag e?'

Rhythodd Gwion a Tudur arno. Arhosai'r naill i'r llall symud gyntaf. Sam ildiodd yn y diwedd. Aeth draw at y bwrdd snwcer i gadw'r peli a dechrau hel y merched at ei gilydd i ymarfer y llefaru. Er bod ambell un ohonyn nhw'n giglo'n ddistaw ymhlith ei gilydd, roedd y rhan fwyaf wedi eu dychryn gan haerllugrwydd Kyle, ac yn teimlo cywilydd eu bod nhw wedi bod yn rhan fach o'r gwrthryfel roedd hwnnw wedi ceisio'i ddwyn i'w plith.

'Glywoch chi o,' meddai Eurgain wedyn gan fethu gadael i'r peth fod.

'Cau dy geg,' meddai Tudur wrthi.

'Ti'n pathetig,' poerodd y chwaer i gyfeiriad ei brawd.

'Ddim hanner mor pathetig â chdi,' tasgodd Tudur nôl. A chofiodd am Gwion. Gallai ladd dau dderyn â'r un garreg. 'Be ddiawl ma hwn yn weld yndda chdi, dwi'm yn gwbod.'

'Cau dy geg,' meddai Eurgain gan lamu ato gyda'r bwriad o dynnu ei fraich o'i soced.

'Cau dy geg!' poerodd Gwion wedyn wrth iddi wawrio arno beth oedd Tudur newydd ei ddweud, a hynny yng ngŵydd Eurgain ei hun.

'Mae hi'n gwbod yn barod,' saethodd Tudur ato'n sbeitlyd. 'Mae'n gwbod ers amsar. 'Dach chi'n haeddu'ch gilydd, y ddau 'nach chi.'

Ar hyn daeth Sam atyn nhw wedi clywed y ffrae a dweud wrth y ddau am fynd allan os oedden nhw'n mynd i ffraeo. Roedd e'n amlwg yn meddwl na wnaent ddim o'r fath ar ôl iddynt fethu â dilyn Kyle allan, ond roedd e'n anghywir.

Roedd Gwion allan drwy'r drws ac yn gweiddi ar Tudur i'w ddilyn:

'Dere mla'n 'te, os ti'n meddwl bo ti'n ddigon o foi.'

Dilynodd Tudur o'n syth.

Yr eiliad y cyrhaeddodd Tudur y tu allan, roedd Gwion wedi anelu dwrn at ei drwyn. Cyn iddo lwyddo i sadio, roedd Gwion wedi gafael yn ei wallt. Anelodd Tudur ei ddyrnau a tharo Gwion o dan ei lygad.

Daeth y ddau'n ymwybodol fod Kyle yn dal yno, ac yn chwerthin am eu pennau. Ond wnaeth hynny ddim tarfu ar yr ymladd. Erbyn hyn, roedd Sam allan ac yn ceisio'u gwahanu ond yn cael fawr o lwyddiant, ac roedd gweddill y plant yn ei ddilyn, wedi rhyfeddu at ddigwyddiad mor anarferol â ffeit o flaen y neuadd.

'Stopiwch!' erfyniodd Eurgain ar y ddau, yn agos iawn at ddagrau.

'Forget him, love, I'll show you a good time,' clywodd Gwion Kyle yn dweud wrthi.

Roedd Sam ar y ffôn gyda Mair yn dweud wrthi beth oedd yn digwydd. Wedi iddo orffen, ceisiodd afael yn y ddau eto, a bu bron â dod â phethau i ben ond roedd Kyle wedi gafael ynddo yntau gerfydd ei freichiau o'r cefn.

'Stop interferin', you stupid git!'

'Whala i ti,' gwaeddodd Gwion.

'Sa chdi'm yn gallu chwalu gwynt,' gwaeddodd Tudur nôl.

'What you sayin'?'

Ond roedd Gwion a Tudur yn rhy brysur yn gweiddi ar ei gilydd a hanner lladd ei gilydd i wrando ar Kyle, a ddaliai i afael ym mreichiau Sam.

'Can't understand a word of your stupid crappy language!' gwaeddodd Kyle, wrth i Sam dynnu ei hun yn rhydd o'i afael.

Ond dal ati i regi a bytheirio yn Gymraeg a wnaeth y ddau arall, nes bod Sam wedi camu rhyngddynt ac yn derbyn y dyrnau a'r ciciau yr oedd y naill wedi'u bwriadu ar gyfer y llall.

'Shut up wiv your stupid Welsh! Speak a proper lingo! Stoopid, stoopid Welsh!'

Stopiodd y dyrnu a pheidiodd y cicio. Roedd Sam wrthi'n mwytho ei wyneb lle glaniasai un o ddyrnau Tudur ar ei foch. Syllai Tudur a Gwion ar ei gilydd gan anadlu'n ddwfn, heb ddweud gair. Roedd y gynulleidfa'n dawel hefyd, yn disgwyl i un o'r ddau alw enw neu regi'r llall.

'Stoopid, stoopid language,' meddai Kyle eto.

Yna, roedd Mair a Ffion wedi cyrraedd yn llawn ffwdan, yn ceryddu ac yn gweiddi ar eu meibion, yn methu coelio fod eu plant wedi rhoi dwrn i Sam − ac yntau'n mynnu mai damwain oedd y dyrnau a'i cyrhaeddodd o − ac yn flin ac yn grac tu hwnt. Gwasgarodd gweddill aelodau'r Aelwyd am adre ychydig yn fwy buan na'r arfer, a gwyliodd Kyle y cyfan gan wisgo gwên fingam ar ei wefusau ac ysgwyd ei ben fel pe bai'n dal i ddweud wrtho'i hun: stoopid, stoopid Welsh.

Trodd at Eurgain a oedd yn anelu oddi yno.

'Fancy goin' for a walk?'

Rhoddodd Eurgain y fath slap iddo ar draws ei wyneb fel bod ei llaw'n brifo am ddeuddydd wedyn. Rhythodd Ffion arni mewn rhyfeddod, cyn ei llusgo hi adre gerfydd ei braich yn un llaw, a Tudur yn y llaw arall gerfydd ei goler. A hithau wedi bod yn heddychwraig erioed, beth wnaeth hi i haeddu dau mor barod â'u dyrnau, ni allai ddechrau dychmygu.

Syllodd Gwion ar Eurgain yn cael ei llusgo gerfydd ei braich gan ei mam ar hyd y stryd. Roedd e wedi gweld y slap.

Teimlodd law ei fam fel crafanc am ei war yn ei dynnu i gyfeiriad Ty'n y Ffordd.

9

'Mae o'n gaeth i'w lofft am fis ar wahân i pan mae o'n rysgol,' meddai Ffion Maes-y-nant.

'So Wil yn gadel i Gwion ddod mas tan Dolig,' meddai Mair Ty'n y Ffordd.

Roedd y ddwy'n rhannu gwers rydd a phaned yn ystafell athrawon yr ysgol lle gweithient. Bu'r ddwy ar bigau ers y ffeit rai nosweithiau ynghynt, yn poeni am yr hyn a wnaethai eu meibion, ac am eu dyfodol. Teimlai'r ddwy eu bod wedi magu dau thyg ac roedd hynny'n brifo'n arw. Rhyddhad oedd cael siarad o'r diwedd.

'O'n i isho dy ffonio di,' meddai Ffion. 'Ond i fod yn berffaith onest, to'n i'm yn gwbod lle i gychwyn.'

'A finne tithe,' meddai Mair. 'Wy'n becso shwt gymint amdano fe, a ffili dyall beth sy wedi dod drosto fe. Oedd e'n arfer bod shwt grwt bach da.'

'A nacw 'run fath,' ochneidiodd Ffion. 'Be nawn ni?'

'Beth *allwn* ni neud? O'dd Wil yn daer moyn 'i lusgo fe draw at Sam i ymddiheuro. Ond sai'n siŵr a yw Sam moyn clywed "sori". Ma pethe wedi mynd bach tu hwnt i 'ny.'

Roedd y ddwy wedi mynd draw yn syth at Sam nos Wener ar ôl gwneud yn siŵr bod eu meibion wedi cael y pryd o dafod gwaetha gawson nhw erioed ac wedi'u gyrru i'w llofftydd. Roedd edrych ar y sgraffiniad ar ei wyneb yn codi cywilydd di-ben-draw ar y ddwy.

'Falle bo fi'n mynd bach yn hen i redeg yr Aelwyd ta beth,' meddai Sam ar ôl i'r ddwy fod yn siarad ar draws ei gilydd yn eu hysfa i ymddiheuro dros eu plant.

Ac roedd y ddwy wedi rhythu arno mewn dychryn. Ond cyn i'r un o'r ddwy ddweud gair, roedd e wedi ychwanegu:

'A does gyda hynna ddim byd o gwbwl i neud 'da'ch dau fab chi, dyallwch. Dwi wedi bod yn ystyried rhoi'r gorau iddi ers sbel.'

Siarsiodd Sam nhw i beidio â bod yn rhy galed ar y bechgyn, a'u bod yn mynd drwy gyfnod anodd, ar ddechrau eu harddegau, ac y bydden nhw'n siŵr o dyfu allan ohono. Ar y pryd, gallai'r naill neu'r llall o'r ddwy fam fod wedi tagu eu hepil am ymddwyn mor anwaraidd a doedd dim o oddefgarwch Sam yn agos i'r un ohonyn nhw. Dywedodd Sam wrthyn nhw am adael i bethau fod am rai dyddiau.

A nawr, roedd 'rhai dyddiau' wedi pasio a'r un o'r ddwy ddim mymryn callach beth i'w wneud.

'Beth ma'n nhw'n weld yn y Kyle bach 'na, sai'n dyall wir,' meddai Mair.

'Na finna, ond be ydan ni haws â beio hwnnw? Y ddau sy gynnon ni adra, *nhw* sy 'di cael 'u denu ato *fo*. Fysa chdi'n meddwl 'i fod o'n dduw bach, y gafael sy ganddo fo drostyn nhw.'

'Y dierth. 'Na beth yw'r apêl,' meddai Mair. 'Pam na allan nhw weld 'i gilydd fel 'ny, gwed?'

Gorffennodd Ffion ei choffi. Roedd y gloch ar fin canu a doedden nhw ddim agosach at wybod beth i'w wneud.

''Na i gyd wy'n wbod yw bod raid i ni neud rwbeth,' meddai Mair.

Eisteddodd y ddwy'n ddistaw am rai eiliadau.

'All Sam ddim rhoi'r gore iddi, ddim nawr,' meddai Mair yn ofidus. 'Rhaid i ni feddwl am ffordd o'i gadw fe 'na.'

'Wyt ti'n meddwl go iawn bod gin hynny ddim byd i neud hefo nos Wenar?'

''Na beth wedodd e… wedi bod yn ystyried ers sbel. Ond na, sai'n credu 'ny am eiliad. Ma raid i ni ga'l y bechgyn 'co i newid 'i feddwl e.'

'A wnawn nhw ydi'r cwestiwn. Hyn a hyn o orfodaeth fedrwn ni roi arnyn nhw.'

★

Gorweddai Gwion ar ei wely â'i gefn at y drws. Edrychai fel pe bai'n dal i bwdu, er mai troi pethau drosodd yn ei feddwl oedd e mewn gwirionedd. Daeth Mair i mewn, bron iawn heb gnocio. Roedd ganddi bapur yn ei llaw, a gwyddai Gwion beth oedd e. Sgript yr ymgom.

Eisteddodd Mair ar erchwyn y gwely.

'Alla i ddim dy orfodi di i neud rwbeth ti ddim moyn neud,' dechreuodd.

Trodd Gwion ati. Roedd ei llais hi'n wahanol i'r hyn oedd e wedi bod ers nos Wener. Roedd rhywfaint o dynerwch yn perthyn iddo. Dim ond gweiddi a siarad oer a fu ers hynny: 'Byt dy frecwast,' 'Sytha dy goler', 'Lan i dy stafell'. Ond swniai'n wahanol heno.

'Fe fydden i'n falch petaet ti'n ystyried beth wy'n mynd i ofyn i ti neud cyn i ti wrthod.'

Gallai Gwion weld beth oedd yn dod.

'Ma Ffion yn gofyn yr un peth i Tudur. Yr ymgom… gallen ni'n dwy 'ych dysgu chi, neu'n hytrach bwrw mla'n lle gorffennodd Sam, a'ch ca'l chi'n barod i'w llwyfannu hi.'

'Lle?'

'Yn y neuadd. Mis i nawr. Y syniad sy 'da ni yw

cynnal noson syrpréis i weud diolch wrth Sam am y cyfan mae e wedi'i neud. Ac i ofyn iddo fe gario mla'n i neud.'

'So ymgom yn mynd i fod yn ddigon,' meddai Gwion ar ôl meddwl am y peth am rai eiliadau.

'Nag yw,' meddai Mair. 'Ond gad ti hynny i ni. Yn y cyfamser, wy'n gofyn hyn i ti. Nei di ymarfer hon gyda fi – a gyda Tudur maes o law?'

'Ddim os wy'n goffo aros yn 'yn stafell tan Dolig,' meddai Gwion gan daflu cipolwg drygionus ar ei fam.

'Ma eithriade i bob rheol,' meddai Mair gan godi.

Cyn mynd drwy'r drws, taflodd sgript yr ymgom ar y gwely.

★

'Be os nad ydi Gwion isho?' dadleuodd Tudur. 'Fedra i'm neud ymgom ar ben 'yn hun.'

'Gad Gwion i Mair,' meddai Ffion. 'Gofyn i chdi dwi rŵan.'

Bu Tudur yn poeni ei enaid am Sam, er na allodd rannu hynny gyda'i fam, ac roedd clywed y gallai wneud rhywbeth i gael gwared ar y teimlad o euogrwydd o bwll ei stumog yn rhyddhad. Wrth gwrs, os na fyddai Gwion yn gêm, ni ddôi dim byd o'r cynllun i adfywio'r ymgom, ond daliodd ei hun yn gobeithio y byddai Gwion yn gweld pethau yn yr un ffordd.

Daeth Eurgain i'r stafell, yn amlwg wedi cael clywed am y cynllun gan ei mam.

'Mi fedra i gael y grŵp llefaru at 'i gilydd, dysgu dau neu dri o ddarnau newydd, ac ella fysa Dad yn gallu cyfansoddi penillion arbennig i Sam… i ni lefaru.'

'Ma Siwsan yn fodlon chwara'r delyn, fedrach chi'u gosod nhw i gerdd dant,' meddai Ffion. 'Ac mi wna i chwara piano, fedran ni ddysgu cân neu ddwy fel côr, mi lenwith hynny ran go fawr o'r noson. Hynny a'r ymgom wrth gwrs.'

Trodd at Tudur. Ni ddywedodd neb air am eiliad.

'Sut ar wynab y ddaear 'dach chi'n mynd i roi gwbod i bawb, ac ymarfer, a pharatoi'r cyfan heb i Sam glywed?'

'Ma gynnon ni ffyrdd,' meddai Eurgain gan wenu, wrth sylweddoli fod Tudur, heb iddo fo sylweddoli hynny eto o bosib, bellach yn rhan o'r tîm.

★

Doedd Mair ddim yn gallu credu ei llygaid pan agorodd hi'r drws a gweld Kyle yn sefyll yno â'i bêl o dan ei fraich, yn gofyn yn llanc i gyd a oedd Gwion yn dod allan i chwarae.

Caeodd Mair y drws fymryn bach tu ôl iddi, rhag i weddill ei theulu ei chlywed hi'n rhegi. Cafodd Kyle wybod yn bendant na fyddai Gwion yn dod allan i chwarae gydag e tan y byddai e a'i deulu'n dechrau dysgu parchu pobl a phethe'r pentre 'ma.

'Awright, keep yer knickers on!' galwodd Kyle yn ôl arni pan oedd yn ddigon pell i ffwrdd.

Rhoddodd Kyle gynnig ar ddenu Tudur allan wedyn, ond yr un math o groeso gafodd o'n fan'no hefyd. Gwyliodd Rhodri ei wraig yn slamio'r drws ar gau yng nghefn yr hogyn. Doedd o erioed wedi'i weld yn gwylltio cymaint am unrhyw beth ag y gwnaethai ers i Fairchilds Fair View ddod i fyw i Lanhir. Crafodd ei ben a cheisio meddwl a oedd rhywbeth y gallai o ei wneud. Roedd Rhodri'n Gynghorydd Sir, felly roedd o wedi hen arfer crafu'i ben.

Roedd Eurgain ar y cyfrifiadur yn cysylltu â holl aelodau'r Aelwyd a'u teuluoedd i geisio trefnu ymarferion heb i Sam gael gwybod. Eisoes, roedd y noson wedi'i chadarnhau a Phwyllgor y Neuadd wedi cael gwybod beth oedd ar y gweill. Mater o ymarfer digon o eitemau fyddai hi rŵan, a doedd yr un eitem yn mynd i fod mor bwysig â'r ymgom, wrth gwrs. Roedd yn rhaid i honno ddisgleirio.

Cododd a gadael y cyfrifiadur er mwyn mynd i fyny grisiau i weld Tudur. Pan aeth hi i mewn, roedd Tudur eisoes yn darllen y sgript ac yn geirio'i ran o'n ddistaw wrtho fo'i hun.

'Tisho fi fod yn Gwion?' holodd Eurgain a dod ato.

Estynnodd Tudur y sgript iddi gael dweud brawddegau cymeriad Gwion a thaflodd Tudur ei hun i mewn i'w rôl.

Yn Nhy'n y Ffordd, roedd Mair wedi dechrau helpu Gwion yn yr un modd, a daeth i fyny ato ac estyn gwydraid o lemonêd iddo gael iro'i lais.

'Beth wedodd e?' holodd Gwion.

'Mae e am neud e, wedes i wrthot ti,' meddai Mair. Roedd Ffion wedi ffonio'n sbesial er mwyn cyfleu'r newyddion da.

'Ddim Tudur,' meddai Gwion. 'Kyle. Weles i fe drwy'r ffenest.'

'Sdim ishe i ti fecso am hwnna, gath e fynd.'

'Pwy wedodd *bo* fi'n becso amdano fe?' meddai Gwion, a theimlodd Mair gynhesrwydd yn ei chalon tuag ato na theimlodd ers rhai dyddiau.

★

Daeth e-bost Eurgain ag un darn bach o wybodaeth ddefnyddiol iawn i Gwion, sef cyfeiriad e-bost ei brawd.

Byth ers y ffeit, roedd Gwion wedi bod yn pendroni sut gallai e ddod i gysylltiad â Tudur heb i neb wybod. Doedd ganddo ddim awydd i neb arall fod yn rhan o'r peth, ac os oedd Tudur yn gwrthod siarad ag e, wel fyddai dim byd wedi'i golli.

Cyn y ffeit, byddai cael e-bost gan Eurgain wedi'i gadw yn ei seithfed nef, ond prin y sylweddolodd fod gwrthrych ei serch wedi anfon gair ato (ac at bawb arall yn y pentref yn sôn am drefniadau'r cyngerdd, ond ato *fe* er hynny). Cyfeiriad e-bost Tudur yn llewyrchu allan arno o ganol y cyfeiriadau eraill i gyd yn ei rhestr hi oedd yn bwysig iddo nawr. (Pam oedd Eurgain yn trafferthu i e-bostio'i brawd ac yntau'n byw dan yr un to â hi, aeth e ddim i ofyn.)

Gyda'r holl gyffro yn y gwynt am y noson i Sam, teimlai Gwion yn ddiffrwyth ac yntau ddim yn gallu mynd yn bell o'i stafell wely, fel pe bai popeth yn cael ei drefnu drosto, er mai ei fai e a Tudur oedd y cyfan ac mai nhw oedd y rheswm dros gynnal y noson. Trwy ei ffenest, gwelai fynd a dod Eurgain a Ffion i'r tŷ at ei fam wrth i'r tair oedd yn rhedeg y sioe ddod at ei gilydd i gynllunio.

Roedd cael ei gyfyngu i'w stafell wely wedi rhoi

cyfle iddo feddwl. Sylweddolodd am y tro cyntaf pa mor wirion oedd e wedi bod yn gadael i Kyle draflyncu ei enaid. Atseiniai 'stoopid language' y bachgen yn ei glustiau o hyd, y llais llawn gwawd, y casineb llwyr at unrhyw beth nad oedd yn Seisnig. Ac roedd wedi gwastraffu haf cyfan yn rhedeg ar ôl y fath lo unllygeidiog.

Meddyliodd am Tudur wedyn. Pan ddaethai'r ddau i nabod ei gilydd gyntaf yn ysgol fach Llan-hir, roedd acen Tudur yn ddieithr iddo ac yn hytrach na chofleidio'r hyn oedd yn wahanol a dysgu ganddo, fel y byddai'r rhan fwyaf o blant, roedd Gwion wedi'i wrthod.

Yn union fel roedd Kyle yn eu gwrthod nhw pan oedden nhw'n siarad Cymraeg.

Sylweddolodd nad oedd ganddo ffeuen o ots sut acen oedd gan neb bellach. Felly pam oedd e'n dala i ymladd yn erbyn unrhyw obaith o ffurfio cyfeillgarwch â Tudur? Dros y dyddiau diwethaf, trawyd Gwion gan y gwirionedd: nad oedd ganddo syniad pam.

Teipiodd ei neges ar y cyfrifiadur bach roedd ei fam wedi ildio yn y diwedd i adael iddo'i ddefnyddio.

Dwi eisiau trafod. Wyt ti? Neb arall i wybod.

Gwion

Oedodd e ddim cyn gwasgu'r botwm 'Anfon'.

Gorweddodd yn ôl ar ei wely i fynd dros ei sgript. Roedd acen y gogledd yn brifo'i wddw, ond dôi'n haws wrth ei hymarfer. Bob hyn a hyn byddai'n stopio i weld a ddôi sŵn o gyfeiriad y cyfrifiadur i ddweud fod neges iddo, ond ddaeth 'na ddim. Dechreuodd boeni na fyddai gan Tudur ffordd o ddefnyddio cyfrifiadur neu y byddai ei e-bost yn cael ei weld gan rywun arall o'i deulu. Gwyddai na wnâi Eurgain fradychu'r gyfrinach ond doedd e ddim am iddi hithau weld y neges chwaith.

Rhywbeth rhyngddo fe a Tudur yn unig oedd hyn.

★

Ym Maes-y-nant, roedd Tudur wedi cael dod lawr i'r stafell fyw i ymarfer efo Eurgain fel bod digon o le ganddyn nhw i wneud y symudiadau hefyd.

'Pryd fydd raid i fi neud hyn efo Gwion?' gofynnodd.

'Mae'n ddigon buan eto,' meddai Ffion, a oedd wrthi'n gwnïo gwisgoedd ar gyfer y gân actol. Feddyliodd hi erioed y byddai'n rhaid eu gwnïo cweit mor fuan â hyn cyn y Nadolig: doedd y Steddfod Gylch ddim tan fis Chwefror. ''Dan ni'm isho peryglu bob dim drwy i chi'ch dau ddechra cwffio eto.'

Ochneidiodd Tudur ond nid atebodd.

Y gwir amdani oedd ei fod o'n barod i weld Gwion. Yn wir, teimlai mai'r un peth fyddai'n gwella'r ofn yn ei stumog wedi iddyn nhw beryglu dyfodol yr Aelwyd a chreu gofid i Sam oedd gweld Gwion a cheisio rhoi trefn ar yr holl lanast rhyngddynt. Fyddai o byth wedi meddwl cyn y ffeit mai dyma fyddai ei agwedd ond roedd rhywbeth wedi newid ynddo.

Mae'n ddigon posib mai i Kyle roedd y diolch am hynny. Beth bynnag oedd yn bod ar hwnnw, fo yn y diwedd oedd wedi dod â Tudur at ei goed a gwneud iddo gwestiynu pam ar wyneb y ddaear roedd o'n casáu Gwion Ty'n y Ffordd i'r fath raddau.

Penderfynodd Eurgain eu bod nhw wedi ymarfer digon a gofynnodd i Tudur oedd o eisiau tro ar y cyfrifiadur gan na chawsai wneud hynny o gwbwl dros y dyddiau diwethaf.

Ystyriodd Tudur am eiliad cyn gwrthod. Gwell ganddo wylio'r teledu.

★

Roedd hi'n hwyr, a Gwion wedi cael mynd lawr stâr am wydraid o laeth a bisgïen cyn mynd i gysgu. Eisteddodd wrth fwrdd y gegin yn ddiflas gan fyseddu'r lleithder ar ochr ei wydraid o laeth. Roedd ei fam lan stâr yn ceisio tawelu Elan ac Enid a oedd yn y gwely ers oriau ond byth wedi cysgu.

A doedd e byth wedi cael ateb gan Tudur.

Daeth cnoc fechan ar y drws cefn a daeth Ffion i mewn. Cafodd beth syndod o weld Gwion.

'Ewadd! Ti'n dal ar dy draed. O'n i'n meddwl mai dim ond 'y mhlant fi oedd yn cau mynd i'w gwlâu.' Gwenodd yn garedig arno.

'Ar 'yn ffordd,' meddai Gwion.

'Go dda chdi,' meddai Ffion. 'A go dda chdi am gytuno i neud yr ymgom.'

Daeth Mair i mewn gan gario dillad budron i'r peiriant o ystafell yr efeilliaid.

'Iste,' meddai wrth Ffion. 'Ar fynd i'r gwely ma Gwion.'

'Mi fydd Eurgain yma toc,' meddai Ffion. 'Ma Rhodri'n dal mewn rhyw gwarfod, sna'm dal pryd fydd o 'nôl.'

Deallodd Gwion eu bod yn cyfarfod i orffen cynllunio noson Sam ac nad oedd lle iddo yn y trafodaethau gan nad oedd e'n un o'r Drindod Ganolog. Cododd ei wydr ac anelu am y stâr. Cyrhaeddodd Eurgain wrth iddo ddechrau dringo a chafodd gipolwg arni drwy ddrws y gegin, cyn i'w fam ei gau.

Yn ei stafell wely rhoddodd y gwydr i lawr ar y bwrdd bach a thynnu'r dwfe yn ôl. Teimlai'n siomedig nad oedd Tudur wedi ateb ei e-bost. Byddai heno wedi bod cystal noson â'r un i'r ddau gyfarfod yn gyfrinachol: roedd hanner teulu Maes-y-nant yn eistedd lawr stâr yng nghegin Ty'n y Ffordd, a Rhodri ddim gartre. A Tudur gartre ar ei ben ei hun, prin y caen nhw gyfle gwell i Gwion sleifio allan a cherdded y canllath i Faes-y-Nant. Gallai fynd gyda chefnau'r tai fel na châi ei weld. Byddai yng ngardd Maes-y-nant ymhen dwy funud.

Ond heb e-bost gan Tudur...

O'i wely, edrychodd Gwion ar y cyfrifiadur ar agor a'r golau bach yn fflachio.

'Y mwnci dwl â ti!' meddai wrtho'i hun gan lamu at y ddesg.

Yno, gwasgodd y botwm ar neges Tudur.

Heno. Mam ac Eurgain yn tŷ chi. Oes bosib i chdi ddod draw?

10

Un mater bach oedd ar ôl.

Nid mater bach, chwaith, ond y pwysicaf, sef cael Sam i'r neuadd heb iddo amau dim. Bu Mair, Ffion ac Eurgain yn crafu'u pennau uwchben y broblem ers i'r cynllun wreiddio yn eu meddyliau.

Trefnwyd cynnal y cyngerdd ar nos Wener ymhen mis i gyd-daro â'r Aelwyd — dyna'r ateb symlaf. A phob nos Iau a nos Wener tan hynny, roedd yr aelodau i fynd i'r Aelwyd fel arfer i ryw how ymarfer fel pe na bai ganddyn nhw fawr o amynedd efo dim byd bellach, na fawr o awydd dal ati. Roedd hi'n well gan rai aelodau beidio â mynd o gwbl na cheisio actio diffyg diddordeb a nhwythau wedi treulio'r rhan fwyaf o nosweithiau'r wythnos yn mynd dros y darnau, a llu o rai eraill, er mwyn bod ar eu gorau ar gyfer y cyngerdd mawreddog i ddiolch i Sam. Aeth Tudur a Gwion ddim yn agos i'r Aelwyd wrth gwrs: uchafbwynt y cyngerdd fyddai eu perfformiad cab](edig nhw o'r ymgom, rhan hollbwysig o'r gyfrinach.

Felly, po fwyaf llwyddiannus oedd yr ymarferion ar gyfer y cyngerdd, lleia yn y byd o raen oedd ar ymarferion yr Aelwyd, a lleia yn y byd o aelodau a âi yno o gwbl. Teimlai Eurgain dros Sam ac roedd ei ddiflastod yn ofid iddi. Dechreuodd ofni na fyddai modd cadw'r holl gyfrinach i fynd nes noson y cyngerdd.

A nos Wener diwethaf, wrth i'r hanner dwsin – y nifer isaf erioed i fynychu'r Aelwyd – wisgo'u cotiau i fynd adre, cyhoeddodd Sam na fyddai Aelwyd yr wythnos wedyn, sef noson y cyngerdd, y noson roedd Sam i *fod* i ddod i'r Aelwyd a chael y syrpréis mwyaf a gawsai erioed gan ieuenctid ac oedolion ei ardal i ddiolch iddo am ei wasanaeth dros yr holl flynyddoedd ac yn addewid o'r hyn fyddai'n dal i ddigwydd yn y pentref o dan ei arweiniad o, pe bai'n fodlon dal ati.

'Ma 'da fi ofan na fydd Aelwyd wythnos nesa,' meddai â'i lais yn floesg. 'Dwi ddim yn gweld llawer o bwynt a gweud y gwir wrthoch chi…'

'Sam…?' Roedd y dychryn yn glir ar wyneb Eurgain.

Aeth Sam ati.

'Paid becso, bach. Ma popeth da yn dod i ben. Dwi'n fwy na bodlon cario mla'n 'da'r rheini ohonoch chi sy'n awyddus i gystadlu yn yr Urdd, ond gadewn ni 'ny am dipyn bach, dwi'n meddwl. Gewch chi ddod draw ata i ddechre'r flwyddyn. Ond i fod yn onest, dwi ddim yn meddwl fod calonne neb ohonoch chi ynddo fe 'leni, wedyn…'

Ni allodd ddweud mwy. Torrai Eurgain ei chalon. Cystwyai ei hun am fod wedi actio'i diffyg brwdfrydedd yn rhy dda yng nghyfarfodydd yr Aelwyd bob nos Iau a nos Wener ers mis. Bron nad oedd hi eisiau gweiddi a dweud wrtho mai celwydd oedd y cyfan, fod *pawb* tu cefn i Sam, yn awyddus iddo aros yn arweinydd yr Aelwyd a'u bod nhw i gyd yn ddiolchgar iddo. Ond gwyddai na allai wneud hynny.

Rownd y bwrdd ym Maes-y-nant, trafododd y tair sut arall i ddenu Sam i'r neuadd heb fod Aelwyd iddo'i mynychu.

I wneud pethau'n waeth, roedd Ffion wedi galw heibio iddo y prynhawn dydd Mawrth cyn nos Wener y cyngerdd i ofyn iddo ddal ati nes y Nadolig. Ond gwrthod yn bendant a wnaethai Sam a dweud ei fod eisoes wedi trefnu gwyliau bach yn Iwerddon ac na fyddai gartre nos Wener p'run bynnag.

Â chalon drom, dychwelodd Ffion i dorri'r newyddion i Mair ac Eurgain. Teimlai'r merched fel crio ar ôl eu holl ymdrechion ac ni wyddai'r un ohonyn nhw sut i ddweud wrth bawb yn Llan-hir na fyddai noson i ddiolch i Sam wedi'r cyfan ac nad oedd pwynt dal ati i ymarfer.

'Rhaid bod rhyw ffordd o'i rwystro fe rhag mynd i

Iwerddon,' meddai Mair a'i dwylo'n creu tas wair o'i gwallt.

'Ffonio'r cwmni fferi i'w atal e rhag mynd ar y cwch?' awgrymodd Wil yn wamal. Roedd Ffion a Mair wedi gofyn i Rhodri a Wil ymuno â nhw rownd bwrdd y gegin gan y byddai pump pen, o bosib, yn well na thri.

'Os nag o's 'da ti rwbeth call i weud, gei di fynd,' meddai Mair. Roedd y cyfan wedi bod yn straen ofnadwy arnyn nhw i gyd.

Sut ar wyneb y ddaear oedd stopio dyn yn ei oed a'i amser rhag mynd i Iwerddon?

'Ma'r atab yn syml,' meddai Ffion yn ddistaw. 'Mi fydd raid i ni ddeud y gwir wrtho fo.'

'A sbwylio'r gyfrinach?' Fedrai Eurgain ddim hyd yn oed ystyried y peth. Roedd hi wedi mwynhau'r mis diwethaf o dwyll a chyfrwystra ac wedi dechrau meddwl o ddifri am yrfa fel ysbïwraig.

'Wnâi o ddim llawer o wahaniaeth,' meddai ei mam. 'Mi fydd y cyngerdd yn union fel 'dan ni wedi'i gynllunio fo. Y cwbwl fydd yn wahanol fydd bod Sam yn gwbod amdano fo.'

'Bydd e'n siŵr o fod wedi bwco lle i aros yn Iwerddon... a fydd e ddim cweit mor hapus 'da'r cyngerdd os collith e lot o arian ar 'i gownt e.'

Ochneidiodd pawb yn ddwfn.

'Bydde'n well i ni weud wrth bawb 'yn bod ni'n canslo'r ymarfer gwisgo'dd nos fory,' meddai Mair. 'Sdim pwynt cario mla'n a ninne ddim yn gwbod a yw Sam yn mynd i fod 'na.'

'Na,' meddai Eurgain yn bendant. 'Gawn ni'r ymarfer gwisgoedd nos fory fel 'dan ni wedi'i drefnu. Wedyn, dydd Iau, mi awn ni i weld Sam i ddeud wrtho fo, a gofyn iddo pryd fydd o'n rhydd i ni gael aildrefnu.'

Bu tawelwch am eiliad cyn i Wil ddweud: ''Na'r drwg 'da cyfrinache, maen nhw'n dueddol o bacffeiro.'

★

Drannoeth, dechreuodd y paratoadau ar gyfer yr ymarfer gwisgoedd yr eiliad y cyrhaeddodd y plant 'nôl ar y bws o ysgol y dref. Llenwyd y neuadd gan blant ac oedolion yn ffysian dros wisgoedd ac yn mynd drwy eu darnau. Prin fod neb yn Llan-hir heb ddarn. Yr unig deulu na ddaethai'n agos, er i Ffion lyncu ei balchder a mynd draw gyda Rhodri i'w gwahodd i'r ymarferion, oedd Fairchilds Fair View. Bu Rhodri'n siarad yn hir efo nhw am Gymru a'i diwylliant, ei thraddodiadau hen a newydd, am y Gymraeg a'i hanes, a wnaeth y Fairchilds ddim eu cicio nhw allan chwaith, er nad oedd rhyw lawer o amynedd ganddyn nhw.

Ond diolchai Ffion yn dawel bach na ddaeth yr un o'u traed nhw'n agos i'r ymarferion yn y diwedd, gan y gwyddai y gallai hynny fod wedi ailgynnau brwydr ddiangen.

Gan fod bron pawb o'r pentref yn cymryd rhan, doedd dim ond lle i'w chwarter y tu ôl i lwyfan y neuadd. Felly, byddai'r tri chwarter arall yn ffurfio cynulleidfa i'r rhai oedd ar y llwyfan tra byddai'r lleill yn perfformio. Y bwriad ar gyfer y nos Wener oedd gosod Sam i eistedd yn y canol mewn hen gadair eisteddfodol a dyrchwyd o rywle.

Awr cyn yr ymarfer olaf un, edrychodd Eurgain o'i chwmpas ar y cwch gwenyn o fynd a dod, ac anadlu'n ddwfn. Roedd angen sawl gwyrth i bopeth fynd fel y dylai, a doedd y rheini ddim yn dod fesul pecyn yn aml iawn.

★

'A-a-a-c *ac*-shyn!'

Daeth Ffion â'i llaw i lawr fel bwyell ar flaen y llwyfan a chamodd wysg ei chefn i eistedd yn un o'r seddau blaen. Roedd ganddi restr o'r eitemau o'i blaen, a'r bwriad oedd i'r noson redeg yn llyfn fel un perfformiad organig efo dau o blant yr Aelwyd un bob ochr i'r llwyfan yn cyflwyno pob eitem am yn ail.

Roedd Mair yn eistedd wrth ei hymyl yn cnoi ei hewinedd. Doedd Tudur a Gwion ddim wedi cyrraedd ac er iddi geisio cael Ffion i ohirio nes bod y ddau yno, roedd Eurgain wedi mynnu cadw at yr amserlen a dweud yr âi hi i chwilio am y ddau os na ddoen nhw'n weddol fuan. Ar ddiwedd y cyngerdd roedd eu perfformiad nhw beth bynnag, meddai, ac roedd awr a hanner dda tan y byddai'r ymarfer gwisgoedd yn cyrraedd y pwynt hwnnw.

Ond cyn i'r cyflwynwyr gamu i'w lle ar flaen y llwyfan i ddechrau'r cyngerdd, daeth sŵn o gefn y neuadd. Trodd Mair a Ffion a nifer o'r pentrefwyr a lenwai'r seddau i geryddu'r sawl oedd wedi bod mor ddifeddwl â sbwylio'r ymarfer gwisgoedd tyngedfennol.

'Tawelwch os – ' dechreuodd Mair cyn fferru.

Safai Sam yn y drws.

Rhuthrodd Ffion i'w gyfeiriad gan ddal ei breichiau yn yr awyr fel pe bai hi'n ceisio cuddio'r llwyfan rhagddo.

'Ti'm i fod 'ma!'

Ar hynny, sylwodd ar Gwion a Tudur yn dod i mewn y tu ôl iddo â gwên fawr ar wynebau'r ddau.

Erbyn meddwl, roedd gwên lydan ar wyneb Sam hefyd.

Yn araf deg iawn y gwawriodd y gwirionedd ym meddyliau Ffion a Mair fel ei gilydd.

'Bydd yn rhaid i chi godi'n gynnar iawn i ddala Sam mas!' meddai Sam.

Anelodd am y gadair a oedd eisoes wedi'i gosod yn barod ar gyfer nos Wener ac eistedd ynddi fel brenin. Eisteddodd Tudur a Gwion o bobtu iddo.

'Wel!' cyhoeddodd Sam. 'Dewch mla'n 'te. Dewch i weld beth y'ch chi wedi bod yn 'i gynllwynio tu ôl i 'nghefen i.'

Chwarddodd pawb, gan gynnwys Ffion a Mair, ond doedd ganddyn nhw fawr o syniad, fwy na neb arall, beth oedd yn digwydd. Diolchodd Eurgain yn ei meddwl fod Ffion a Mair wedi ymarfer digon ar yr eitemau i'r cyngerdd – dyna beth oedd e bellach, nid ymarfer – allu mynd yn ei flaen yn llyfn a dirwystr.

★

Sleifiodd Mair at ymyl Gwion wrth i'r gân actol fynd rhagddi.

'Chi'ch dou wedodd wrtho fe?'

Gwenodd Gwion.

'Shwt allet ti?' holodd Mair. Roedd hi'n ceisio

peidio bod yn grac gan fod y cyfan wedi gweithio cystal ag y medren nhw fod wedi'i obeithio yn y diwedd.

'Gei di weld,' meddai Gwion, gan adael Mair fwy yn y niwl na chynt.

Doedd hi ddim yn hapus fod Gwion wedi datgelu'r gyfrinach wrth Sam ond, ar yr un pryd, roedd gwahodd Sam i'r ymarfer gwisgoedd a gwneud hwnnw'n gyngerdd wedi bod yn ateb mor amlwg. Pam na fyddai hi neu Ffion wedi meddwl am hynny'n gynt? Cynnal y cyngerdd *cyn* i Sam fynd i Iwerddon. Yn eu dryswch ar ôl clywed am wyliau Sam, roedden nhw wedi derbyn cynnig Eurgain i ddal ati â'r ymarfer gwisgoedd a gohirio penderfyniad ar nos Wener, ac felly y bu.

Ceisiodd Mair beidio pendroni'n ormodol wrth weld Sam mor hapus. Beth bynnag a'i tynnodd e yma heno, roedd y noson yn bendant yn llwyddiant. Pefrai ei lygaid wrth wylio pob perfformiad ac roedd y sglein ar yr eitemau'n amlwg yn ei blesio.

Roedd y cyngerdd bron ar ben, meddyliodd Mair, beth allai fynd o'i le nawr?

Cofiodd mai'r ymgom oedd yr eitem olaf.

★

Gwnaeth Tudur a Gwion eu gwaith yn wych, roedd yn rhaid i Ffion a Mair gydnabod hynny. Roedd sglein ar eu perfformiad, a'r ddau wedi taflu eu hunain i mewn i'w cymeriadau, gan ddynwared acenion ei gilydd i'r dim.

Sylwodd Ffion ar y cydweithio rhyngddyn nhw a'r amseru perffaith a ddangosai gymaint o oriau roedd y ddau wedi bod wrthi'n gweithio ar yr ymgom. Pan ddaethant at ei gilydd i ymarfer, roedd hi wedi amau fod yr hen elyniaeth rhyngddyn nhw ar ben a diolchodd i'r nefoedd am hynny.

Pan orffennodd y ddau, safodd y gynulleidfa ar eu traed i'w cymeradwyo. Safodd Sam hefyd ac roedd dagrau yn ei lygaid wrth iddo guro'i ddwylo mawr yn ffyrnig.

Nid aeth Gwion oddi ar y llwyfan yn syth. Daeth at y meic, er mawr syndod i'r cyflwynwyr, a siarad.

'Diolch i Sam am ein rhoi ni ar ben ffordd,' meddai. 'Os caf i ofyn iddo fe ddod lan aton ni i'r llwyfan…?'

Doedd hyn ddim yn y sgript oedd gan Ffion a Mair o'u blaenau. Er bod mymryn bach o nerfusrwydd yn chwarae yng ngwaelod eu stumogau wrth weld y bechgyn yn ad libio fel hyn, roedden nhw'n teimlo'n reit ffyddiog mai rhoi ychydig bach yn ychwaneg i Sam oedd eu bwriad – gwneud iawn, am mai eu lle nhw yn anad neb oedd gwneud iawn.

Ymunodd Sam â nhw ar y llwyfan, a'r eiliad nesaf roedd e'n perfformio gyda nhw. Roedd e wedi cael gwisg Mr Urdd o ddwylo rhywun a safai y tu ôl i'r llenni a dyna lle roedd e ar y llwyfan, yn ei gwisgo!

Yn ei wisg Mr Urdd, dechreuodd Sam actio, dweud stori ac, yn fwy na hynny, roedd Tudur a Gwion yn rhan o'r act, yn tynnu eu dillad ymgom ac yn cymryd rhan yn sgript Sam.

Rhythai Mair a Ffion yn gegagored ar y ddrama fach oedd yn digwydd ar y llwyfan, a oedd yn amlwg wedi cael ei hymarfer yn drwyadl gan nad oedd sgript gan yr un o'r tri.

Sylweddolodd Mair a Ffion wedi rhai eiliadau o wylio'r ddramodig fach mai sôn am y gyfrinach fawr, cyfrinach y cyngerdd, oedd hi. Roedd y cyfan yn fyw iawn, a Tudur a Gwion yn cymryd amryw o rannau gwahanol i'w rhannau eu hunain. Pasiwyd bobi wig i'r ddau, a bobi bâr o frestiau ffug i'w gwthio o dan eu crysau chwys, a dyna lle roedden nhw ill dwy, Ffion a Mair, ar y llwyfan yn cael eu hactio gan eu meibion.

'Mam fach!' ebychodd Mair.

Fel Mr Urdd, roedd Sam yn cael yr hwyl ryfedda'n adrodd y stori mewn odlau, ar ffurf debyg i anterliwt, gan sôn am strach Ffion a Mair yn ceisio cael pawb yn Llan-hir i baratoi cyngerdd ar ei gyfer e, Mr Urdd, heb i Mr Urdd ei hun wybod.

Wedyn, roedd y bechgyn wedi troi 'nôl yn Tudur a Gwion, ond bod cyrn diafol ar ben y ddau, yn cogio ymladd. Roedden nhw'n ddoniol tu hwnt, yn nhraddodiad Laurel a Hardy a Charlie Chaplin, yn taro'i gilydd i lawr, yn disgyn yn glewt a chodi, a'r un peth yn digwydd eto – a'r cyfan wedi'i ymarfer yn berffaith. Dyma Mr Urdd yn eu gwahanu a chael ei lorio am ei drafferth gan ddyrnau'r naill a fwriadwyd ar gyfer y llall ond a laniodd ar drwyn Mr Urdd yn lle hynny.

Gwingodd Mair a Ffion wrth wylio'r rhan yma o'r ddrama, ond roedd y gynulleidfa yn eu dyblau.

Ar ôl yr ymladd slapstic, clywyd cerddoriaeth sinistr o dâp yng nghefn y llwyfan wrth i'r ddau gymeriad, y Tudur a'r Gwion a gâi eu hactio gan y Tudur a'r Gwion go iawn, nesu at Mr Urdd a 'sibrwd' eu cyfrinach wrtho:

Rho glust i'n cyfrinach 'rhen gyfaill yn awr,
Mae cynllun ar droed gan y merched,.
Mae'n fwriad gan bawb i wneud cyngerdd mawr mawr
Nos Wener, sef Rhagfyr y chweched.

Wedyn, trodd Mr Urdd at y bechgyn ar ôl esgus myfyrio am eiliad neu ddwy, cyn adrodd:

Beth os, ffrindie bach, trown ni'r drol ar Lan-hir
A chadw cyfrinach fach amgen?
Dweud celwydd am wyliau'n Iwerddon – a wir,
Cawn drefnu ein drama ni'n hunen!

A dyma ein stori, gyfeillion mor bur,
Chwi blantos y gogledd a'r de,
Does bentre'n y byd sy'n curo Llan-hir
Does unman sy cystal â'r lle.

Roedd un syrpréis arall gan y perfformiad i'w gynnig i bobl Llan-hir. Pwy ddaeth ar y llwyfan, fel fe ei hun, ond Kyle. Tawodd y perfformwyr eraill a throi i edrych arno, yn amlwg yn gwneud lle iddo ddweud ei linell fawr:

'Clan-hir am byth!'

Rhyw hanner gweiddi'r llinell wnaeth e, fel pe bai'n sylwi hanner ffordd drwy ei hynganu pa mor wirion yr edrychai, ond llwyddodd i'w hadrodd a chiliodd rai camau 'nôl o flaen y llwyfan ar ôl ei dweud, claddu ei ddwylo yn ei bocedi a sbio ar y llawr.

Sut bynnag oedden nhw wedi llwyddo i'w gael ar y llwyfan ac i yngan sillaf o Gymraeg, roedden nhw wedi llwyddo, meddyliodd Ffion a Mair, pa un ai drwy fygythiad neu freib – neu ddim ond apelio at yr ochr orau yn natur Kyle.

Gwenodd Tudur a Gwion ar ei gilydd cyn ymroi i ailadrodd pennill olaf yr anterliwt efo Sam a dod ymlaen i fowio wrth i gymeradwyaeth a bonllefau ffrwydro drwy'r neuadd gyfan. Llwyddodd Kyle i hanner gwenu wrth i Tudur ei dynnu at flaen y llwyfan i fowio.

Trodd Mair a Ffion i wynebu ei gilydd.

'Ma'r diawled bach wedi'n curo ni eto,' meddai Mair gan ryfeddu. Ysgydwodd Ffion ei phen arni, gan wenu'n llydan heb allu dweud gair.

Amneidiodd Mair dros ysgwydd Ffion a throdd hithau ei phen i weld pennau Mr a Mrs Fairchild drwy'r gwydr yn nrws y neuadd, wedi dod i sbecian ar berfformiad Kyle heb dynnu sylw at eu hunain, am unwaith.

Trodd y ddwy yn ôl at y llwyfan i ymuno yn y bonllefau wrth i Sam droi at gefn y llwyfan ac estyn ei law allan i'r gynulleidfa gael cymeradwyo'r aelod cudd o'r cast cyfrinachol a oedd yn amlwg wedi bod yn rhan allweddol o'r cyfan.

Eurgain.

Gwenodd yn llydan ar ei mam a Mair. Roedd hi eisoes wedi actio ei rhan hi'n berffaith cyn i'r cyngerdd ddechrau heno. Ysgydwodd ei mam ei phen arni, bron iawn yn methu coelio'i llygaid.

★

Doedd Kyle ddim wedi aros yn hir ar ôl y perfformiad. Aeth allan yn syth, heb ddweud rhyw lawer wrth neb.

'Ugain punt yn dlotach,' meddai Tudur wrth Gwion yng nghefn y llwyfan wrth iddyn nhw gasglu eu pethau.

'Ond yn werth bob cinog,' gwenodd Gwion yn ôl. Doedd ugain punt o freib i Kyle am roi eisin ar gacen y noson ddim yn gymaint â hynny o aberth.

Doedd Sam ddim wedi cael clywed am y breib, ond go brin y credai fod Kyle wedi bodloni i gymryd ei ran fach yn y sgetsh heb *ryw* fath o gymhelliant.

Trodd Tudur at Gwion a chynnig ei law iddo.

'Llwyddiant?' holodd, wrth i Gwion ei hysgwyd.

'Bendant,' gwenodd Gwion arno drwy ei flinder. Doedd gan neb syniad mewn gwirionedd gymaint o ymarfer roedd e a Tudur, a Sam hefyd, wedi'i wneud ar gyfer heno. Nid yn unig yr ymgom, ond roedden nhw hefyd wedi bod yn cyfarfod Sam yn adeilad yr Aelwyd yn y dref bob amser cinio i ymarfer y sgetsh.

Ar ôl i Tudur ymateb i e-bost Gwion y noson honno dair wythnos yn ôl, ni wastraffodd Gwion ddim amser yn sleifio allan o Dy'n y Ffordd a gwneud ei ffordd ar hyd y llwybr y tu ôl i'r tai i gyfeiriad Maes-y-nant. Yno, roedd Tudur yn aros amdano.

Wynebodd y ddau ei gilydd yn y cyntedd heb ddweud gair. Wyddai'r un ohonyn nhw beth i'w ddweud, na lle i ddechrau.

Yn y diwedd, Tudur dorrodd y tawelwch.

'Be nawn ni?' gofynnodd.

'Ma'n rhaid neud rhwbeth,' meddai Gwion. 'Ma'r ymgom yn un peth, ond os na fyddwn ni'n ofalus, fe gollwn ni Sam.'

'Fo ydi'r man cychwyn felly,' meddai Tudur.

A chytunodd y ddau i fynd draw i dŷ Sam ar y ffordd adre o'r ysgol y diwrnod wedyn i ymddiheuro go iawn iddo, heb fod yr un o'u rhieni'n agos.

Fu Sam ddim chwinciad yn maddau. Aeth y ddau fachgen ati wedyn i berswadio Sam i beidio rhoi'r gorau i'r Aelwyd ac fe lwyddon nhw i wneud hynny yn y diwedd.

Gwion gafodd y syniad i fynd â phethau ychydig yn bellach. Daeth gwên fawr dros ei wyneb a gwyddai Sam a Tudur ei fod e wedi cael syniad.

'Beth am whare tric ar bawb?' meddai.

Sibrydodd ei gynllun wrth Tudur cyn dweud gair wrth Sam. Amneidiodd Tudur i gadarnhau ei fod o blaid dweud wrth Sam.

'Maen nhw'n cynllunio noson,' dechreuodd Tudur

egluro wrth Sam, cyn i'r ddau, am yn ail frawddeg â'i gilydd, arllwys y gwirionedd am y cyngerdd mawr a oedd ar y gweill.

Gwenodd Sam yn llydan llydan wrth i gynlluniau eu gwrth-gynllwyn nhw wreiddio yn ei feddwl.

Hawdd iawn oedd esgus ei fod e'n diflasu wrth weld llai a llai yn dod i'r Aelwyd, gan ei fod yn gwybod yn iawn mai cynllun gan Ffion a Mair ac Eurgain oedd hynny i daflu llwch i'w lygaid ynglŷn â'r cynnydd mawr oedd yn digwydd y tu ôl i'w gefn.

Hawdd iawn hefyd oedd dweud celwydd am Iwerddon.

Syniad Gwion oedd gofyn i Eurgain fod yn rhan o'r peth. Tudur ofynnodd iddi yn y diwedd a doedd dim edrych 'nôl wedyn.

Bu Eurgain yn actio ers dros wythnos ac roedd hi'n gwybod yn iawn y câi'r naill neu'r llall o'r ddwy fam wybod yn hwyr neu'n hwyrach am 'fwriad' Sam i fynd i Iwerddon dros noson y cyngerdd. Roedd hi wrth ei bodd pan ddaeth ei mam adre a dweud hynny wrthi, a bu'n rhaid iddi actio fel fflamia wedyn tra bo Mair a Ffion yn crafu pennau ynghylch beth i'w wneud. Mater bach oedd cynnig mai bwrw ymlaen â'r ymarfer gwisgoedd fyddai orau am y tro.

Yng nghefn y llwyfan, wrth i Tudur a Gwion ysgwyd llaw, gwyddai'r ddau nad oedd troi 'nôl i fod rhagor.

11

Mynd wnaeth y Fairchilds yn y diwedd.

Roedd hi'n bechod gan Tudur a Gwion weld hynny'n digwydd, ond nid am fod y naill na'r llall ohonyn nhw'n ystyried Kyle yn ffrind pennaf iddo – roedd hynny wedi newid yn llwyr bellach.

Teimlo oedden nhw fod Kyle, drwy gymryd rhan yn eu perfformiad ar noson y cyngerdd i Sam, wedi cymryd y cam pwysig, wedi croesi'r bont tuag atyn nhw, ac wedi dysgu tamaid bach (bach iawn) o Gymraeg hefyd. Ac roedd tawelwch ei rieni yn ystod yr wythnosau wedi'r cyngerdd yn arwydd o ryw gyfaddawd, mae'n siŵr.

Ond ni allodd y rhieni gael gwared ar y teimlad fod Llan-hir yn lle rhy estron iddyn nhw. Roedd geiriau Rhodri, a rhan Kyle yn y cyngerdd, yn bendant wedi gadael eu marc arnyn nhw a thrueni na fyddai hynny wedi bod yn ddigon, ond doedd e ddim. Yn ôl i Lundain yr aeth y teulu bach – fymryn yn ddoethach ac yn fwy eangfrydig ar ôl eu cwta chwe mis yn Llan-hir, a fymryn yn barotach i dderbyn y gwahaniaeth rhwng pobl a'i gilydd.

Cafodd Gwion a Tudur yr ail wobr yn y Genedlaethol ar yr ymgom, a oedd yn well nag oedd neb yn Llan-hir wedi'i wneud ar y gystadleuaeth honno erioed o'r blaen. 'Cydweithio caboledig,' oedd sylw'r beirniad, 'sy'n creu cyfanwaith arbennig iawn.' Doedd neb yn fwy balch na'u hyfforddwr, Sam, arweinydd Aelwyd Llan-hir ers blynyddoedd mawr (ac am flynyddoedd mawr wedyn).

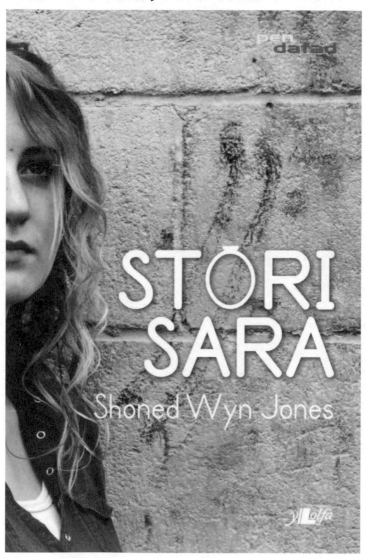

£3.95

pen dafad

Bach y Nyth
Nia Jones 0 86243 700 8

Cawl Lloerig
Nia Royles (gol.) 0 86243 702 4

Ceri Grafu
Bethan Gwanas 0 86243 692 3

Gwerth y Byd
Mari Rhian Owen 0 86243 703 2

Iawn Boi? ; -)
Caryl Lewis 0 86243 699 0

Jibar
Bedwyr Rees 0 86243 691 5

Mewn Limbo
Gwyneth Glyn 0 86243 693 1

Noson Boring i Mewn
Alun Jones (gol.) 0 86243 701 6

Sbinia
Bedwyr Rees 0 86243 715 6

Llyfr Athrawon Pen Dafad (Llyfr 1)
Meinir Ebsworth 0 86243 803 9

Sgwbi-dŵ Aur
Caryl Lewis 0 86243 787 3

carirhys@hotmail.com
Mari Stevens 0 86243 788 1

Ça va, Safana
Cathryn Gwynn 0 86243 789 x

Pen Dafad
Bethan Gwanas 0 86243 806 3

Aminah a Minna
Gwyneth Glyn 0 86243 742 3

Uffern o Gosb
Sonia Edwards 0 86243 834 9

Ti 'sho Bet
Bedwyr Rees 0 86243 805 5

Noson Ddifyr i Mewn
Alun Jones (gol.) 0 86243 836 5

Llyfr Athrawon Pen Dafad (Llyfr 2)
Meinir Ebsworth 0 86243 804 7

Cyfres i'r arddegau
Ar gael o'r Lolfa: ylolfa@ylolfa.com neu o siop lyfrau leol

Am restr gyflawn o lyfrau'r Lolfa, mynnwch
gopi am ddim o'n catalog
neu hwyliwch i mewn i'n gwefan

www.ylolfa.com

lle gallwch archebu llyfrau ar-lein.

TALYBONT CEREDIGION CYMRU SY24 5HE
ebost ylolfa@ylolfa.com
gwefan www.ylolfa.com
ffôn 01970 832 304
ffacs 832 782